Noor de Biskin

Nicht von der Stange

„Brauchen Sie eine Geliebte?"

Liebesroman

Widmung

Dieses Buch möchte ich meiner
einzigen Freundin Olga widmen,
meinen Kindern und meinem
Geliebten in Hamburg ohne sie wäre
ich nichts...

Herstellung und Verlag:

BoD - Books on Demand, Norderstedt

ISBN 978-3-7448-7331-4

An Dich:

„ **Wenn du mich lieben würdest**, dann würdest du

vor Sehnsucht vergehen…Wenn du mich lieben

würdest, dann wären Deine Gedanken bei mir…Wenn

Du mich lieben würdest, dann wäre Dein Herz ganz

schwer…

Wenn Du mich lieben würdest, dann würdest Du

mich bei Dir haben wollen…

Ohne wenn und aber…Wenn Du mich lieben würdest,

dann würdest du nicht mit anderen Frauen schlafen,

nicht weil ich es verlange sondern weil du mich liebst

und ich es nicht verdient habe…

Kapitel 1

Nun bin ich hier wirklich angelangt, ein Buch zu schreiben. Hätte ich auch nicht für möglich gehalten, niemals in meinem Leben. Aber die Umstände trieben mich dazu. Ich bin 47 Jahre geschieden und hab mein Leben so gelebt wie jede andere in einer katholischen Kleinstadt, mit 15.000 Einwohnern. Abitur gemacht studiert, geheiratet und Kinder bekommen, jedem Mitbürger auf meinem Weg „Guten Tag und guten Weg" gewünscht, weil man so erzogen ist, man kennt sich und dann...ja dann fing es an!!!

Ich frage mich jeden Tag, na ja jeden Tag wäre gelogen aber öfters „Was koche ich heute?"

Dieser Satz kotzt mich an!!! Jeden Tag das Gleiche!!! Wenn es nach mir ginge und ich genug

Selbstliebe aufbringen würde, anstatt mich dem Terror der Kinder diesbezüglich zu unterwerfen, würde ich ein Rumpsteak (Medium rare) mit Kräuterbutter und einer Tablette gegen Laktoseintoleranz vorziehen und gern ein Glas Rotwein dazu oder ein Brot mit Schmalz drauf.

Ja, ich bin auch Mutter, alleinerziehend. Meine Kinder haben mich gut im Griff und weiterhin Laktoseintolerant, was mir das Leben nicht wirklich erleichtert. Meine Kinder wollen nur Nudeln mit 0/8/15 Tomatensoße, Pommes, Pizza Margarita und Magluba essen. Sie werden sich jetzt fragen was 0/8/15 Tomatensoße ist.

Ich esse die Tomatensoße nicht, weil sie Butter enthält, ja man könnte auch Margarine nehmen, aber schmeckt nicht so gut und man könnte Oregano hinzugeben oder Zwiebeln, Knoblauch und vielleicht in Butter angeschwitztes Paniermehl über die Nudeln geben...,aber ...ich stehe ja unter dem Diktat der Kinder! Und bin Laktoseintolerant...!

Ich bin dadurch gezwungen jedes Mal beim wöchentlichen Einkauf sämtliche Ingredienzien des Inhalts meiner Wahl gründlich zu studieren und jenes ohne Lesebrille (die ich ehrlich brauche), dieses Szenarium läuft dann wie folgt ab: Ich halte das Objekt meiner Begierde im Abstand von 60 cm vor mich und Versuche die Ingredienzien zu enträtseln, welches die Nerven der mitführenden Kinder in Wallungen bringt.

Aber die Kinder sind auch nicht ganz ohne, man kauft dies und das für sie und natürlich, die Limonaden, jeglicher Art dürfen auch nicht fehlen. Und auch ein freundschaftlicher Plausch ist mir nur mit Augen verdrehen und der Frage: „Wann gehen wir endlich?", gestattet. Ich hasse Einkaufen!!!

Aber die generelle Frage ist, was mache ich denn noch so außer Kinder und Arbeit in meiner Freizeit, wenn ich welche habe, ich meine natürlich Freizeit.

Ja da ist in erster Linie oder überhaupt meine Freundin, nennen wir sie mal Olga, zu erwähnen. Sie ist auch ein Grund für dieses Buch und ich hoffe noch für weitere Geschichten, aber da bin ich mir ganz sicher, dass ihre Geschichten und Erlebnisse, ganze Bücher füllen würden, weil sie total chaotisch ist.

Olga ist meine einzige Freundin, meine Seele und ich liebe sie über alles. Ich würde für sie durch die Hölle und zurück gehen, mit nur einer Flasche Champagner und unlackierten Fingernägeln.

Jetzt denkt man bestimmt, ja... ja hat man schon oft gehört, Frauenfreundschaft, aber im

Endeffekt gibt es keine richtige Frauenfreundschaft.

Frauen untereinander gönnen sich nichts. Diesbezüglich kann ich nur eins sagen: „Es gibt die wahre Frauenfreundschaft, selten, sehr selten", aber es gibt Frauenfreundschaft und wir sind das beste Beispiel dafür.

Es stimmt aber auch im Allgemeinen, dass Frauen sich nichts, ja wirklich gar nichts untereinander gönnen, noch nicht mal die Butter auf das Brot.

Und wenn die eine Frau schöner als die andere Frau ist oder mehr hat, dann ist der Krieg schon vorprogrammiert. Aber bei uns beiden war und ist alles ganz aber wirklich alles ganz anders.

Ich kannte sie nicht bis ich meine Tochter eingeschult hatte. Ihre Tochter und meine erste Tochter waren zusammen in der gleichen Klasse. Ich sah sie beim Elternabend. Immer gehetzt lief sie an mir vorbei getrieben von der Verantwortung und was auch immer sie dazu bewegte, was sie trieb oder noch schlimmer, wer sie trieb.

Freundlich war sie und unglaublich schön, lange schlanke Beine , ein Körper einer Göttin hatte sie und ein wunderschönes Gesicht. Sie hatte drei Kinder geboren, was man ihr nicht ansah und sie war jünger als ich. Später erfuhr ich, dass es 2 Jahre Unterschied zwischen uns waren.

Zwei Mädchen hatte sie und einen Sohn. Sie wohnte nicht weit weg von der Schule, ganz nah am Schwimmbad, welches man zu Fuß in 5 Minuten erreichen konnte.

Sie hatten dort ein Haus, ein grünes Haus. Sie wollte eigentlich eine andere Farbe, nämlich hellgrau aber ihr Mann dachte, dass er eine günstige Farbe nimmt, wie immer.

Sie hat das Haus gestrichen in der günstigen Farbe und dabei geflucht, ihren Mann verflucht und die ganze Welt. Welche Frau muss schon das ganze Haus streichen in einer nicht attraktiven Farbe, drei Kinder erziehen und arbeiten, 4 Jobs und erschwerend kam noch dazu, dass sie die Schwiegermutter im Haus hatte.

Eine ältere herrische, fordernde Dame, die alles bestimmte, sich nicht mit Vorwürfen zurück hielt. Mein Sohn muss dies und das ..sei froh und so weiter. „Du hast uns schon ganz viel Geld gekostet". Damit herrschte die Schwiegermutter über Olga, indem sie ihr ein schlechtes Gewissen machte, sie nicht atmen lies.

Sie war keine geliebte Schwiegertochter sondern nur die Hausangestellte oder besser gesagt die Sklavin. Auch meinte die Schwiegermutter, sie dürfte nach ihrem Intimleben fragen: „Warum schläfst du nicht mit meinem Sohn, der braucht das doch,...ich habe immer mit meinem Mann geschlafen!!!" Und wehe sie verweigerte sich.

Aber wie das Schicksal so will kam ich ins Spiel. Ich die, die das Schicksal wenden sollte, aber keiner wusste davon. Wenn sie das gewusst hätten, vor allem die Schwiegermutter die Olga mit „Sie", aus Respekt anredete, dann hätten sie ihr bestimmt den Kontakt untersagt und die Türen verbarrikadiert und sich beim Personenstandsamt, auf nie Wiedersehen, abgemeldet und das Land verlassen.

Und so nahm das Schicksal seinen Lauf und dachte sich hier an diesem Ort, muss ich auch mal was verändern, ich glaube dem Schicksal gefiel die Farbe auch nicht. Und so nahm ich eine Geburtstagseinladung von meiner Tochter entgegen und wie immer freudig erwartend strahlte, meine kleine süße Tochter mich an und fragte: „Ich bin eingeladen, darf ich hin und was schenken wir ihr?". „Na, wie immer, Schokolade und Geld", sagte ich.

Ich brachte meine Tochter an dem Geburtstag zu Olga, aber ich wusste nicht, dass sie es war, die dort wohnte und mal meine beste Freundin werden sollte. Ich weiß gar nicht mehr richtig wie ich den Weg gefunden habe und was ich für ein Auto gefahren habe aber egal, wichtig ist, dass ich mit meiner Tochter und den Geschenken angefahren kam und sie schon draußen stand um die andere Kinder zu begrüßen und Eltern glückselig wegzuschicken.

Also da war ich mit meiner Tochter und Olga begrüßte mich

freundlich, aber schickte mich nicht weg und ich dachte, >> oh man, wann kann ich endlich gehen!!!<<. Sie hingegen schaute mich an und bat mich doch rein zu kommen. Ich wartete ab und setzte mich auf die Treppe, denn es kamen noch Kinder, die auf den Geburtstag eingeladen waren. Ich wollte nicht unhöflich sein.

Und da bat sie nach Empfang der Kinder, mich wiederum doch mit rein zu kommen aber ich lehnte dankend ab und sie hielt mich irgendwie fest mit dem Singsang ihrer Stimme. Ich kann das heute noch nicht erklären und als sie mich zum dritten Mal fragte: „Kommen Sie doch rein", da musste ich mich geschlagen geben und ging - Schicksal beschlossen - nicht ihres, nicht meins, sondern unseres.

Wir begingen zusammen den Geburtstag ihrer Tochter, tranken Kaffee und spielten Spiele und wir amüsierten uns köstlich. Sie genoss meine Hilfe, die Geburtstagsgäste zu bewirten und wir lachten sehr viel darüber.

Wir freundeten uns immer mehr an, unsere Freundschaft wurde tiefer, denn unsere Mädchen besuchten sich ständig. Und wir wohnten nicht weit auseinander. Wir erzählten uns so einiges, nennen wir es mal auch Geheimnisse und Sachen, die einen extrem gegen den Strich gingen.

Wir genossen die Sommer im Schwimmbad und schleppten Tonnen von Melonen, Kuchen, belegte Brote, Eis und Süßigkeiten zu diesem Ort für die Kinder, wir feierten Geburtstage im Schwimmbad und grillten in ihrem Garten. Meine Tochter und ihre schliefen abwechselnd bei ihr oder bei mir, hatten ihren Spaß und halfen sich gegenseitig und die Hausaufgaben wurden auch erledigt. Wir hatten zusammen 5 Kinder. Sie hatte 3 Kinder: 2 Mädchen und einen Jungen und ich hatte 2 Mädchen. Damals hatte sie noch einen Ehemann, ja... glücklich verheiratet und ich hatte auch einen Ehemann, ja,... hatte ich … aber, nein... nicht glücklich verheiratet!!!

Mein damals noch Mann war nie da, was von Vorteil war und er betrog mich regelmäßig am Wochenende. Was auch von Vorteil war. Seine Geliebte erledigte die Arbeit, die ich nicht mehr leisten wollte.

Er telefonierte immer im Keller, angeblich mit seinem Arbeitskollegen aber weit gefehlt, ich schlich mich ab und zu in den Keller, um an der Tür zu lauschen und dann sagte er: „Ich komme am Wochenende und dann frühstücken wir schön miteinander", in einer säuselnden Stimme.

Und in seinem Auto durfte nie etwas von mir oder den Kindern liegen, ja da war er penibel und dachte er wäre schlau. Das hätte seine Freundin gesehen und nachgefragt, wenn irgendwas von mir drin wäre oder von den Kindern, eine vergessene Handtasche oder ein Spielzeug. Aber einmal, da schrieb ich mit dem Finger auf die Armatur-blende, „Ich liebe dich", mit einem Herz, man konnte, dass nur vom Beifahrersitz sehen. Dann kam er tatsächlich am Sonntag Abend nach Hause und schrie mich deswegen an. Man sollte halt nicht seiner Freundin erzählen, dass man geschieden ist oder Single, sein Pech! Ja,...da fing der Krieg an, ich färbte mit einem „vergessenen roten Slip", seine Unterwäsche rosa und seine Lieblingssachen hatten ab und zu mal einen Unfall und wurden entsorgt.

Darauf hin hat er meine Lieblingsstatur weggeworfen und mein Fahrrad verkauft. Und dann irgendwann sagte er, dass er 2

Monate ins Ausland gehen wollte um zu arbeiten, sich selbständig zu machen und lies mich mit den Kindern allein und daraus wurden 11 Jahre und dann, ja dann war Schluss bei mir, aber endgültig. Ich hatte mir immer viel von ihm gefallen lassen.

Er kam dann nur noch zweimal im Jahr, entweder Weihnachten oder Ostern für 2-3 Tage, das war keine Ehe mehr für mich. Auch die Kinder entfernten sich von ihm und er sah es nicht. In meinem Ehebett immer allein aufwachen und Träume von Zärtlichkeiten haben und Nähe. Neidisch auf andere Paare zu sein, die sich hatten, alles teilten, sich verstanden und Ziele gemeinsam beschlossen.

Ich war jedes Fest allein und am schwersten war es immer Silvesterabend für mich, denn bei Jahreswechsel um 00.00 Uhr, küssten sich die Paare und ich stand da allein in der Kälte und fror nicht nur körperlich. Die Blicke der Bekannten waren verzweifelnd bedauernd und ich schämte mich so sehr, manchmal konnte ich meine Tränen kaum zurückhalten. Ich wurde peinlich befragt und hielt mein Herz in der Hand.

Irgendwann beschloss ich zu einer sehr netten und freundlichen Rechtsanwältin zu gehen und mich scheiden zu lassen. Denn meine Zeit rannte mir weg, ich war schon zu lange allein.

Ich wollte auch begehrt sein, einen Mann haben, jemanden der mich liebt und endlich mal wieder Zweisamkeit genießen, Ausgehen und wenn das nicht ging wenigstens mal wieder Sex zu haben. Ich litt sehr darunter, dass ich keine körperliche Nähe und Wärme erhielt.

Olgas Mann war auch eine Katastrophe, in jeder Beziehung und machte ihr das Leben schwer. Er war eifersüchtig und besessen davon, dass sie ihn vielleicht betrügt. Sie hasste ihn mittlerweile, vielleicht schon immer und ich mochte ihn gar nicht sehen, er sprach nun wirklich nicht den Intellekt einer Frau an und hatte überhaupt keine Art und Weise an sich.

Sie konnte ihn nicht ertragen mit seiner Dummheit, die schon an Debilität reichte. Er rief sogar ihren Fahrlehrer an und beschimpfte ihn, weil er dachte er hätte eine Verhältnis mit ihr und der wusste gar nichts davon, seitdem meidet sie die Fahrschulautos.

Aber man macht halt Fehler im Leben, so wie ich auch bei meinem Ex-Mann und ich bedaure es sehr, dass ich so viel Zeit verschwendet habe, mit jemanden der es eigentlich gar nicht Wert war, weil er mich nur benutzt hatte, um das zu bekommen was er wollte.

Die schlimmste Dummheit die ihr Ex-Mann allerdings machte war, dass er bei mir Sonntags vor der Tür, mit einem Strauß Blumen stand und einem Ring vom Juwelier. Als ich ihn sah sagte ich, dass Olga nicht da wäre, denn ich dachte er wollte zu ihr, aber er sagte mir, dass Olga ihn betrügt und es Schluss wäre und er mir ein Leben geben wollte, so wie ich es nach seiner Meinung verdient hätte.

Und was er für Worte für sie benutzt hatte, unglaublich, sie war doch immerhin die Mutter seiner Kinder. Er sagte dann noch, ich wäre die Auserwählte, die ihn weiterhin in seinem Leben begleiten sollte. Da hab ich ihn gleich rausgeschmissen und Olga angerufen. Ich war empört und ungehalten, was sollte das denn?

Sie erzählte mir, dass sie nicht mehr mit ihm zusammen sein wollte und für ihn eine Freundin suchte. Sie konnte ihn nicht ertragen und der Sex war so schlecht, dass sie ihm schon seit 20 Jahren im Bett einen vorspielte, weil er es von ihr verlangt hatte und erwartete. Und er war immer sehr ungehalten darüber wenn es den Anschein hatte, dass sie nicht befriedigt war.

Und weiterhin wenn sie sich verweigerte, unterstellte er ihr einen Liebhaber zu haben und machte ihr die Hölle auf Erden, deshalb erduldete sie ihn und den furchtbaren Sex, weil sie keine Wahl hatte. Aber nach 2 Minuten Rein-raus-spiels kann wirklich doch jeder Mann nicht erwarten, dass eine fühlende Frau etwas davon hat. Ich weiß gar nicht ob er sich darüber jemals Gedanken gemacht hat und will es auch nicht wissen.

Er hatte sie gefragt ob sie etwas dagegen hätte, wenn er mich fragt ob ich bereit wäre ihn als Lebenspartner zu akzeptieren und sie verneinte, wenn sie dagegen gewesen wäre hätte er noch mehr

Anlass dazu gehabt es doch zu tun und hätte trotzdem gefragt. Warum auch immer er dachte, er könnte mich haben. Er wusste, dass ich allein war, schon lange allein, aber den Mann muss man sich wirklich nicht antun,... Iiihgitt...bääääähhhh!

Weit gefehlt, das ging ja gar nicht! Ich verzieh ihr, ich wusste was sie dachte, denn sie war sich sicher, dass ich nicht auf ihn einging und da hatte sie recht. Sie ist keine Person die einem im Wege steht. Aber wer will schon den dummen Mann der Freundin weiter tragen und von dem Ärger, den man dann mit allem hat ganz abgesehen.

Und ich hätte sie dann verloren, dass wollte ich auf gar keinen Fall riskieren. Ich wollte nicht von allen verflucht werden, wegen diesem Typ, der aber auch gar nichts zu bieten hatte und die reine Vorstellung von dem Sex mit ihm, trieb mir einen Schauer über den Rücken.

Jedenfalls wurde unsere Freundschaft noch stärker und tiefer dadurch. Wir wussten, dass wir uns auf uns verlassen konnten, weil keiner den anderen verletzen wollte und es auch nicht tat. Ich war schon geschieden und ich unterstützte sie tatkräftig, denn er war nicht ohne. Er war gewalttätig und versuchte ständig Streit vom Himmel zu brechen, er bedrohte sie und mich. Und diese Situation lies mich noch mehr für sie kämpfen.

Ich bearbeitete die Formulare und ging mit ihr zum Rechtsanwalt, veranstaltete eine Ehebettverbrennung, sprach ihr Mut zu und lenkte sie ab, versuchte alles was in meiner Macht stand. Ich ging mit ihr aus und sie hatte ihren Spaß, war abgelenkt von den Geschehnissen und den Horrorszenarien und ich natürlich auch. Wir gingen am liebsten in ein nettes Restaurant in unserer Stadt. Da plauschten wir und aßen gut.

Wir genossen die Freiheit ohne Kinder und wenn es nur 2-3 Stunden waren.

Aber ich hatte auch böse Gedanken um uns zu befreien von dem Übel der Männer. Ich dachte oft über Pilzgerichte nach, die mit Fliegenpilzen angereichert waren und über das Anlegen eines Teiches in ihrem oder meinen Garten, um darunter die Leichen zu verscharren.

Wir haben natürlich uns das nur gewünscht, weiteren Gedanken will ich keinen Namen geben, aber überlegt hab ich lange und tue es manchmal immer noch. Es würde doch nie auffallen, mein Mann war weg im Ausland, hatte sich in Deutschland beim Personenstandsamt abgemeldet und ich wusste noch nicht einmal seine Adresse und auch sonst keiner, er hielt sich immer bedeckt, alles heimlich hat er immer gemacht. Wenn er dann zu mir gekommen wäre um die Kinder zu besuchen, wüsste es auch keiner, weil er nie sagte, wo er ist und was er macht, das war immer sein Geheimnis.

Dann hätte ich leichtes Spiel mit einem Pilzgericht gehabt. Meine Gedanken kreisten um dieses Thema besonders als wir im Herbst Pilze sammeln waren, natürlich an einen geheimen Ort, wo es viele solcher schönen Pilze gab. Man verrät ja nicht, die schönsten Plätze, als Pilzsammler und sie nahm mich mit.

Ich war nie der große Pilzsammler aber als ich zu dem Ort kam wo sie wuchsen und ich die Meere von Fliegenpilzen sah, die nur darauf warteten von mir gepflückt zu werden, sie alternativ zu Marmelade zu verarbeiten, um dem untreuen oder nicht gewollten Partner zur

Strecke zu bringen. Ich hatte auch Phantasien jedem eine Pilzmarmelade zu veräußern der auch solche Szenarien zu Hause hatte, ein gutes Geschäft wäre es geworden, ein guter Absatzmarkt wäre das. Aber Olga sah meinen Blick und sagte : „Nein, die nimmst du nicht mit !!!", ich bettelte und wollte dann nur einen Fliegenpilz mitnehmen, aber jenes versagte sie mir auch. „Schade eigentlich!!!".

Wir haben natürlich keinen vergiftet, auch wenn wir manchmal einen guten Grund dazu gehabt hätten und das Risiko erwischt zu werden ist doch immens hoch.

Und wir hatten ja Verantwortung und Kinder, das konnten wir oder ich auch nicht tun, obwohl ich noch ab und zu daran denke und besonders wenn, wir mal wieder Stress mit den Männern hatten, dachte ich daran, dass man als Frau nicht genug von dieser Marmelade und auch

Tiefkühlwaren von Fliegenpilzen haben kann. Das Sortiment kann man natürlich ausweiten und sich mehr informieren über solche Angelegenheiten.

Man sollte doch immer gut Ausgerüstet sein besonders, als geschiedene, alleinerziehende Frau und Olga hat dies oft bereut und war nach einiger Zeit doch davon überzeugt, dass man ab und zu sogar für seine Schwiegermutter persönlich ein Marmeladenbrot schmiert und ihr es mit freudigem Blick wohlwollend in die Hand drückt.

Kapitel 2

Olga chattete in verschiedenen Portalen, um einen neuen Mann kennen zu lernen. Sie meinte damals noch, dass sie einen festen Partner brauchte, um ihr Leben zu festigen, zu leben wie alle anderen auch. Und sie animierte mich auch dazu einen neuen Partner zu finden und wenn es nur für Intimitäten war, dann war es auch gut.

Sie wurde immer freier in der Beziehung mit Männern und fand raus, dass Sex Spaß machte, die Männer bemühten sich und waren einfühlsam, nicht nur die bescheuerte Rein-raus-Geschichte. Mit ihrem Ehemann war es ihr eine Last und der Gedanke daran ließ sie zu Eis erstarren. Und so probierte sie sich aus und erfand sich neu und ich musste immer mit, was ich auch gerne tat.

Das heftigste was sie mal angestellt hatte war, dass sie sich mit einem jungen Mann, der sehr gut aussehend war, auf dem Friedhof in der Nähe getroffen hatte.

Ich war unvorbereitet und bekam eine Nachricht im Chat von ihr, sie schrieb mir: „Bitte komm zu mir, du musst mich fahren, ich habe mich auf dem Friedhof mit einen Typ verabredet und du musst nichts machen". Ich traute meinen Augen nicht, wie auf dem Friedhof?", aber ich fuhr zu ihr und sie erzählte mir sie habe ihn in irgendeinem Chat kennengelernt und sie wollten sich treffen.

Er schlug ihr den See in unserer Nähe vor, aber sie hatte Angst, er könnte sie umbringen, sie hatte dann die komische Vorstellung, ihr Kopf würde da im See schwimmen und der Rumpf an einer anderer Stelle

und da hat sie ihm den Friedhof
vorgeschlagen und er ging drauf ein.
Er meinte nur dazu, dass sie: „
Krass", wäre.

Wir fuhren dann zum Friedhof und
er kam. Er sah eigentlich ganz
normal aus. Ich wartete in meinem
Auto bis die zwei fertig mit dem
Spielen waren. Er wollte sie auch
nicht küssen hatte Angst vor
Bakterien. Komischer Typ, jung und
gutaussehend, sehr gutaussehend
und total pervers.

Er fand es erregend, wenn ihn
jemand dabei im Auto erwischte, wie
er an sich spielte. Total krank im
Kopf!!! Und das schlimmste, er hatte
noch dazu eine Freundin, die nichts
wusste, ja ... glücklich.

Meine Freundin und ich lachten
uns am Abend kaputt über diesen
Typen und er hatte es auch verdient.
Somit fuhren wir ab und zu mal zu
dem einem oder anderen Mann, den
sie für gut befunden hatte. Sie hatte

alle möglichen Männer im Chat und ich ebenso.

Wir fuhren ab und zu mal, wenn uns langweilig war und wir etwas erleben wollen in einen Swingerclub. Aber diesmal wollten wir nur tanzen und die Atmosphäre genießen.

Eigentlich ist das Szenario im allgemeinem so, es ist Freitag, halt wie immer und ich liege gelangweilt im Bett und schreibe Olga: „Wo bist du?", sie antwortet meistens damit: „ Ich bin zu Hause", so dann schrieb ich ihr: „Das weiß ich, hast du Lust auszugehen, Party...Swingerclub?", dann rennt sie zu mir und sagt: „Ich bin geschminkt und angezogen, wir können los!".

Also wenn dass keine Begeisterung für mein Anliegen war. Im Allgemeinen verhält sich diese Angelegenheit nicht zu meinen Gunsten, denn eigentlich wollen wir weg fahren und sie muss sich noch die Fingernägel lackieren, oder

Kinder bestechen, oder die Korsagen 5 mal wechseln und die Lippen noch schminken und doch keine halterlosen Strümpfe anziehen usw. und in meinem Kleiderschrank schauen und einen Vorschlag von mir erhalten, was sie denn anziehen sollte.

Einen sehr angesehenen Mann aus Hamburg haben wir schon, dank Olga, 1,5 Stunden auf dem Parkplatz vor einem Swingerclub warten lassen. Den Namen wollen wir nicht verraten, ja...verheiratet, ja glücklich.

Aber diesen Abend war alles Top organisiert, Kinder mit Geld und Süßigkeiten bestochen und wir stiegen pünktlich ins Auto und fuhren los, kamen aber nicht weit, weil ich meine High Heels vergessen hatte. Also zurück und wieder los.

Dann fuhren wir ca. 200 Kilometer, zum 20 zigsten mal mit Navi, weil wir uns immer verfahren, trotz Navi, aber wir verfahren uns trotzdem, unglaublich...

Die freundliche Frauennavigationsstimme sagte manchmal: „ Rechts und halbrechts oder links und halblinks", und manchmal meint sie das andere Rechts und das andere Links. Und wenn wir dann, trotz erschwerender Umstände endlich angekommen waren, dann amüsierten wir uns im Swingerclub, wir genossen die Atmosphäre und das Essen und wie die Männer uns anschauten. Wir tanzten, lachten, unterhielten uns und ab und zu Mal kam jemand vorbei der uns gefiel. Somit waren wir ab und zu mal unterwegs und der Umkreis steigerte sich.

Ja es gibt auch andere hervorragende Swingerclubs in Hamburg, Bremen, Frankfurt oder

München, nicht zu erwähnen Berlin, wo riesige Swingerpartys mit 3000 Gleichgesinnten gefeiert werden, aber unser Lieblingsclub war halt jener in der Nähe von Hannover. Man kannte sich, die Besitzer oder eher gesagt die Chefin war souverän - muss man in diesem Geschäft auch sein. Ihr Mann übernahm die Küche.

Er bereitete die Menüs vor, Nudelgerichte, Braten und Steaks, Pommes, Bratkartoffeln, Meeresfrüchte und Kaviar - aller Art, Salate, Desserts und Früchte. Noch ein Mitternachtsbüfett ab 00.00 Uhr, mit liebevoll geschmierten Broten, Häppchen und Salaten in allen Variationen.

Ihr Sohn motivierte die Gäste mit allerlei musikalischen Unterhaltungen, verschiedenen Kostümen, einmal als Mann oder als Frau und seiner Lebensfreude. Er war auch speziell im positivem Sinne, tanzte mit den Gästen, machte Stimmung, konnte zwar keinen Namen behalten, aber die Namen von Cocktails waren ihm sehr geläufig. Man sprach ihn an, freute sich ihn zu sehen. Fühlte sich geehrt von ihm angesprochen zu werden. Er war ein muss...

Die Gäste im Swingerclub waren und sind anspruchsvoll, ja... waren sie und sind sie!.

Man bedient nicht nur das physische sondern auch, das psychische Wohl. In prickelnder Atmosphäre, auf wer weiß was, für Quadratmetern soll man sich hautnah kennenlernen. Man soll sich in einer ansprechenden Atmosphäre wohl fühlen, vielleicht auch zu Hause sein.

Die Theken bieten eine riesige und ausgewählte Palette an Erfrischungen an, Cocktails aller Art, Sekt auf Eis, Soft-Drinks usw.

Und die Räumlichkeiten waren je nach Thema gestaltet, für jeden was dabei, ob Gynäkologenstuhl oder Gefängnis, zum Binden und Quälen, um seinen Fetisch auszuleben oder einfach nur ein Bett für normalen Sex, den die Pärchen verheiratet oder nicht verheiratet, in Anspruch nahmen, wenn man Sex, sinnlich verführerisch oder nicht, in einem Swingerclub überhaupt als Normalfall betrachten kann, da hat jeder so seine Auslegung.

Auch stehen SB-Kühlschränke im Swingerclub, bereit für die ungeduldigen Gäste, da können sie sich einfach was heraus nehmen ohne an der Theke zu warten. Bei gutem Wetter stand noch eine Outdoor-Chill-Lounge bereit, für unvergessliche Nächte unter klarem Sternenhimmel.

Wechselnde Events, Mottopartys sind angesagt und gern besucht. Sie, die Besitzerin, den

Namen wollen wir nicht nennen, hatte das Kommando auf der Brücke und das gab sie nicht ab. Sie war eine starke Frau und setzte sich durch.

Die Besitzerin managte alles. Den Einlass der Gäste, die Fächerzuteilung für diejenigen, die sich entkleiden wollten. Ja man muss sich umziehen, um dem Anlass entsprechend gekleidet zu sein, sie schloss die Fächer nach hineinlegen der Kleidung immer ab.

Es gabt meist einen Dresscode für das Motto des Abends. Man hatte einen Anspruch und den muss man halten. In vielen Clubs gehen die Herren im Anzug und die Damen in Abendgarderobe, elegantes Abendkleid, Pumps, dem Anlass entsprechend halt und wie es sich gehört!.

Mit dem einmaligen Eintrittspreis zahlt man alles. Die Getränke und das Essen sind im

Preis mit inbegriffen. Die Herren zahlen natürlich mehr als die Damen. Ja, die Damen sind meist rar, Männerüberschuss, Frauen trauen sich nicht gern alleine, die Vorurteile arbeiten hier für sich. Eine Frau die alleine in den Swingerclub, das hat man im allgemeinen auch noch nicht gehört.

Aber die Swingerclubs nivelliert diese Tatsache aus. Man muss sich, im Club anmelden und man bekommt danach, eine Zu- oder Absage. Frauen bekommen keine Absage oder eher selten, meistens nie.

Wir, meine Freundin und ich melden uns schon gar nicht mehr an, wir gingen einfach so hin, weil wir dürften, wir waren immer willkommen, warum auch immer und das war ein gutes Gefühl.

Außerdem gingen wir lieber „Inkognito", weil uns schon viele Herren kannten und wir nicht wollten, dass sie diese Tatsache verletzt, nicht der einzige Herr zu sein und vor allem, dass die Herren sich nicht treffen, dies hätte sehr unangenehm werden können...

Viele Herren suchen in den dafür geeigneten Portalen entsprechende Damen, um mit ihnen auszugehen, sich in einem Club zu verabreden. Dies ist attraktiv aus zwei Gründen.

Erstens: sie können sich als Pärchen anmelden und somit bezahlen sie weniger und Zweitens: hat man einen kompetenten Ansprechpartner, Gleichgesinnten, den man Notfalls bitten kann, für was auch immer, falls er auch die gleiche Neigung hatte, irgendwas zu unternehmen. Man ist nicht abhängig von der Laune der Frauen oder der Männer.

Einzelne Herren haben es schwer. Sie müssen sich sehr bemühen, oft haben sie keinen

Erfolg oder gewollt manchmal, je nach Situation und seinem eigenem Wohlbefinden. Manche lieben es nur anderen beim Sex zuzuschauen und sich selbst zu befriedigen. Man weiß nicht was die Seele berührt, man kann es nur erahnen.

Man kann oft oder immer Gleichgesinnte beobachten, die einfach nur anwesend sind, um zu Plauschen, zu Speisen, sich zu Präsentieren oder um einfach nur zu schauen. Aber dieses Klientel gehört genauso dazu wie die, die sich auf den Matten und Zimmern amüsieren.

Da sitzen sie in der Raucher-Lounge und im Garten unter einem großen Zelt und begutachten die Damen und Herren, die die Treppen leicht bekleidet herunter schweben. Trinken Kaffee, essen Kuchen, Waffeln mit heißen Kirschen oder genießen das Abendbuffet. Reden und lästern, begutachten, neidvoll und belustigt, schwelgen in

Erinnerungen, als ich noch jung war...

Als Mann allein ist es schwer im Swingerclub. Man muss schon Attribute mitbringen, um seinen Spaß zu haben, wer das nicht leistet ist leider nicht gefragt und wird auch nicht gefragt.

Die primären Geschlechtssymbole zählen hier nicht. Mein Auto, mein Haus, mein Boot, mein Flugzeug, diese zur Schaustellung läuft im Swingerclub nicht, da man ja, das was man hat und besitzt nicht zeigen, geschweige denn mitbringen kann. Viele Herren denken mit dem Begleichen des Eintrittspreises stehen ihnen die Damen zur Verfügung, aber dabei handelt es sich um einen Irrtum, den sie rückhaltlos kritisieren.

Ihren Unmut halten sie zurück, aber oft wird über das Thema bei genügend Alkohol geredet, sich beschwert mit Gleichgesinnten, die auch falsche Vorstellungen über die Aktivitäten in Swingerclubs hatten und haben und immer haben werden.

Aber, so läuft der Hase nicht, denn die Frau steht im Mittelpunkt und nicht der Mann, die Frau, jenes begehrte Wesen, als Objekt der Begierde. So wie in der Realität und die Herren haben es nicht leicht.

Es ist wie im richtigen Leben, wie erobert man sie? Was wollen sie und wie bekommt man sie, dahin wo Man(n), beziehungsweise Frau will, nämlich auf die Spielwiese, auf die Matte, Sex haben, gefühlt werden und sich sexuell ausleben.

Dieses Unterfangen ist nicht einfach und ein Mann muss schon sehr viele Hürden nehmen. Aber auch andersrum muss man sich bemühen, die Dame oder den Herren ansprechen, auf sich aufmerksam machen, ein nettes Gespräch finden. Ihn umgarnen oder sie, wie auch immer, es ist ein Spiel, ein erotisches, frivoles Spiel, es gibt Gewinner und Verlierer, so wie im Leben halt auch, nur die Prioritäten sind anders gesetzt. Man sollte erstmal eins klar stellen, ein Swingerclub ist kein Bordell in der sich die Damen den Herren anbieten. Ein Swingerclub ist nur die Ebene für Gleichgesinnte, weiblich und männlich, die Erotik ausleben wollen, sei es mit Kleidung, manchmal oder oft geschmacklos aber alles ist akzeptiert, viele Kunden leben einen Fetisch aus, ja. Alle Facetten werden bedient, oder lassen sich bedienen.

Auch die unangenehmen Geschäfte managte sie, die Besitzerin, wenn jemand sich nicht an die Regeln hielt flog er raus.

Wenn aufdringliche Männer im Pärchen Bereich sich nicht abhalten ließen, die Pärchen zu stören und immer wieder versuchten bei dem

Treiben mitzumachen, angenommen zu werden von den Pärchen. Da saß sie vor dem Bereich und wimmelte die Herren ab, damit die Pärchen in Ruhe ihrem Treiben nachgehen konnten.

Ich habe ihren Ehemann nie bei einer solchen verantwortungsvollen Aufgaben gesehen. Sie schaute nach dem Service, sammelte die leeren Gläser ein, bediente an der Theke. Maßregelte und delegierte die Crew und ihren Sohn, der auch ab und zu gebremst werden wollte und musste. Sie bestimmte das Ende der Party und kein anderer, wenn sie sagte: „Es ist Schluss, dann war auch Schluss und Basta!".

Da fragt man sich so manches, ich mich jedenfalls. Wie lebt man denn, als Besitzer eines Swingerclubs, wenn es in einer Großstadt ist oder auf dem Land. Man kennt sich und wird erkannt, die Leute brauchen was zum „Reden", denn das eigene Leben ist genordet, geradlinig, den Konventionen angepasst, lasst doch die Kirche mal im Dorf!. Wie kommt man dazu, einen Swingerclub zu eröffnen ein frivoles Etablissement? Wie wird man den akzeptiert und die eigenen Kinder angesehen? Wird man noch zu Elternabenden, kirchlichen Festen, Plastikpartys usw. eingeladen, nicht dass man welche braucht?.

Man versteht doch was ich meine, wird man beim Bäcker höflich bedient und ein Plausch wird gehalten oder nur getuschelt, hinter dem Rücken und vorgehaltener Hand?

Man ist zu großzügig seinen Ruf zu ruinieren, als Geschäftsfrau eines Swingerclubs, weil man es muss, aber warum muss, man bereitet die Ebene für ein Amüsement der Gesellschaft, die hinter verhaltener Hand sich

45

unterhält, über ihr Wochenende, über ihr frivoles Wochenende, über Sex mit einer Unbekannten oder Bekannten, einer Gleichgesinnten oder Gleichgesinnten, die was anders, als Normalität wollen und ihre Bedürfnisse ausleben, weil ihr Leben sonst so todlangweilig wäre und sie überhaupt keinen Kick hätten. Und immer wieder kommen, um zu Erleben, um zu Spüren, sich selbst zu Entdecken, sich neu zu Erfinden, andere mitzunehmen, zu Leiten und zu Führen. Wer will schon mit seiner Ehefrau schlafen oder mit seinem Ehemann?.

Aber eigentlich sollte man sie loben und wertschätzen - die Besitzer eines Swingerclubs oder sonstigen Etablissements. Sie bedienen einen Wirtschaftszweig und dies, ist nicht nur eine kleine Nische sondern hat ein riesiges Potenzial. Hat sich schon mal einer

Gedanken gemacht, dass ganz viele Arbeitsplätze davon abhängen?

Dessous, haltlose Strümpfe, Strapse, Dessouskleider, Corsagen mit und ohne, High Heels, Sexspielzeuge, Kondome, Dildos, Vibroeier, Penispumpen, Analballons, Orgasmusgele, Massagekerzen, Massagegele, Latexbekleidung, Pants, Jock, S und M Ausstattungen, Peitschen und Gerten, Hand und Fußfesseln, Federn, Knebel, Bondage-Seile, Orgy Oil, Laken, Kopfmasken, Liebesschaukeln, Latex spezial Waschmittel und Pflege, Parfums, Glanzspray, von Sex - DVDs ganz zu schweigen und noch tausend andere Gebrauchsartikel, die ich nicht aufzähle - es würde den Rahmen sprengen. Diese Artikel werden gebraucht und hergestellt.

Auch wenn die brave Gesellschaft, jenes beäugt , wie der Gärtner das Unkraut, tuschelt und ignoriert und selbst nicht den Ehrgeiz aufbringt sich mal vorbehaltlos mit der Angelegenheit auseinander zu setzen.

Es lebt, das Geschäft, fasziniert und beflügelt die Seelen der Gleichgesinnten, es ist kein Hexenwerk oder des Teufels, es ist eine Sehnsucht,...ein Traum, ein Wunderland...

Und es soll mich Lügen strafen, wenn ich behaupte, jeder will mal kosten von dem Nektar, einmal Experimentieren, Mal was anderes erleben. Das Leben bereichern, es lebenswerter zu gestalten. Wir sind fühlende Wesen und der Sex endet nicht nach der Geburt eines Kindes.

Es langweilt einen oder?

Erst verliebt man sich, als junger Mensch und dann geht man blind verliebt in die Ehe, man bekommt im Normalfall Kinder und der Alltag steht vor der Tür, mit einem Nudelholz und erschlägt dich.

Man braucht mehr Platz und will der Familie, die jetzt entstanden ist, etwas bieten. Meistens investiert man in ein Haus und das Geld wird von der Bank geliehen.

Dann bekommst du nicht nur das Geld von der Bank sonder, damit ist die Bank auch sehr großzügig, die Sorgen bekommst du dann auch gleich von der Bank, aber die Sorgen bekommst du dann exponentiell, die Verzinsung geht ins unermessliche.

Damit bist du dein Leben lang gebunden, wenn nicht ein Wunder geschieht, aber meist geschieht kein Wunder und du gehst im gleichen Trott zur Arbeit und lebst dein Leben wie jeder andere in dieser Maschinerie.

Die Liebe rückt ins Hinterfeld und die Sorgen reihen sich, an die Zweisamkeit kann man sich kaum erinnern, das Leben hatte man sich als Paar so schön ausgemalt und jetzt?.

Realität lässt grüßen, die Frau, lässt sich gehen, die Figur ruiniert, den Kindern zu liebe.

Die Make-up Tasche weit weg gestellt und die Träume in den Schrank geschoben, mit dickem Schloss versehen und verplombt. An Sex nicht zu denken...Baby nicht aufwecken, Kinder nicht aufwecken und dass schlimmste, Schwiegermutter nicht aufwecken...auf gar keinen Fall!!!

Der Ehemann zieht sich in seine Welt zurück und will, fragt und bettelt noch am Anfang bis er erkennt das wird nichts mehr. Die Frau hält ihn zurück, Ausreden werden gesucht und an den Adressat eindringlich geschickt: Nein, ich bin zu müde, Nein die Kinder, Nein,....Nein,...Nein,...!!!

Wortlosigkeit macht sich breit. Nur noch das Obligatorische wird besprochen, Kinder, Küche, Kirche und irgendwann liegt die Stille im Raum, wie eine Viper liegt sie am Boden, nicht aufwecken,... nicht sehen,... nicht beachten und um „Gottes Willen", nicht der Schwiegermutter erzählen.

Und er, der Ehemann träumt, wie alle Männer von dem was er nicht mehr bekommt und nie wieder bekommen wird. Der Ehemann schaut jedem Rock hinterher und flirtet, erst ein bisschen und dann...?

Eifersucht macht sich breit, die Bereitschaft zu Betrügen steht im Raum...

Und dann geht es los, aus Unzufriedenheit mit dem eigenem Dasein, will man andere Möglichkeiten ausnutzen. Man will doch mehr erleben und nicht zum alten Eisen gehören. Was bringt das Leben außer Arbeit den noch?...

Da glaubt einer, er hätte alles richtig gemacht und dann erkennt man, nichts hat man richtig gemacht...!

Kapitel 3

Wir fuhren einmal nach Bremen, weil Olga da einen Mann hatte und ich hatte einen Termin in der Nähe von Hamburg und weil wir beide Termine verbanden wurde daraus eine andere Geschichte, eine wahre Liebe und so fing alles an...

Ich beobachtete die Menschen die nachts sich über die Gehwege schlichen. Und es waren einige die sich auch mehr oder weniger amüsierten. Manche gingen mit ihren Hunden spazieren, nachts den Hund ausführen!

Und da war er der junge Mann, eher ein Junge mit drei Hunden, süß... und ihn wählte ich aus, als Retter für mich. Ich hüpfte aus dem Auto, meine Pumps riefen freudig, > klick...klack<, und ich sprach ihn an: „ Entschuldigen Sie, ich komme nicht von hier und habe ein Problem mit meinem Handy, denn mein Akku ist leer und ich habe kein Aufladegerät für das Auto und wären Sie so freundlich mir kurz eine Steckdose zu leihen, damit ich kurz mein Handy aufladen könnte?".

Er schaute mich vollkommen überrascht an. Er zögerte,...und dann sprach ich: „Ich kann mich auch ausweisen...". Nach dieser Ansprache sagte er freundlich, mein Retter der Steckdosen: „Kommen sie mit, ich wohne hier um die Ecke...", und ich folgte ihm dankbar. Er merkte das ich langsam ging und hörte meine Pumps leise, >..klick,...klack...<. Er sagte: „Seien sie vorsichtig, die bauen hier ein neues Haus, der Gehweg ist ganz kaputt!". Und ich nickte und verstand, er sorgte sich.

Somit brachte mich, ein junger Mann gerade mal 17 oder 18, zu seiner Wohnung. Er hätte ein Student sein können, in einer fremden Stadt. Ich hatte Hilfe erbeten und er gewährte sie mir, weil ich mich nicht auskannte, in der fremden Stadt. Eine großartige Stadt, in der das Leben rauschte, wie ein Vulkan brodelte, einem wie mir, die Sinne raubte durch die Schönheit und wunderlichen Dinge, die ich nicht kannte.

Er lies mich nicht hinein, in seine Wohnung, sondern verwies auf die Steckdose an der Haustür, die ich sofort nutzte...! Ich war erleichtert und ein Gefühl der Dankbarkeit durchfloss mich. Ich verstand ihn, den jungen Mann, Sicherheit geht vor...! Er verschwand einen kurzen Augenblick und dann kam er zurück mit seinem Vater. Den er geweckt hatte, mitten in der Nacht, aus dem Schlaf herausgerissen, wegen einer Frau, wegen einer hilflosen Frau, wegen mir...

Ich sah den Vater und er sah mich....erfüllt von Sehnsucht, ein trauriges Herz und seine Seele stand an der Ecke mit schweigendem Gesicht, gesenktem Haupt und wartete schon in der Ewigkeit...Unerfüllte Träume erfand seine Phantasie. Träume noch nie geträumt und noch nie gelebt. Träume so verzweifelt und voller Sehnsucht, dass der Verstand die Seele verachtete. Sein Herz war einsam und wagte nicht zu fragen, dem Verstand getreu, dabei war es voll Sehnsucht, wollte schneller schlagen, sich nicht zügeln....leben...!!!!!

Sein Herz sah mich,...zart und weich,...fühlte den gleichen Takt und Rhythmus. Seine Augen beäugten, … nein musterten mich,...wie eine Artikel im Supermarkt, schlank, blond sehr hell, große Augen, schwarzes enges kurzes Kleid, Pumps und einen Mantel .

Ich fühlte seine Seele, die erwachte , die Augen öffnete nach langem verzweifelten, ruhelosem Schlaf ohne Hoffnung und Zuversicht und sie beäugte mich ungläubig.

Und ich erkannte sie sofort , die Seele, welche mein war, seit tausenden von Jahren, mich begleitete durch die fernen Zeiten und mich immer wieder verlor. Und nun stand ich vor ihr, nicht gewagt es zu hoffen, nicht zu träumen gewagt und sie erkannte mich, war sich nicht sicher, brauchte Gewissheit. Ich gab ihr was sie forderte, gab mich zu erkennen, wollte sie nicht nochmals verlieren.

Und er sprach: „Guten Abend,...Ich helfe Ihnen ein Hotel zu finden, es kommt nur drauf an welches Budget Ihnen zur Verfügung steht, ich zieh mir nur was an und dann schauen wir nach einem Hotel für Sie... ".

Zuerst lehnte ich ab und bat ihn mir den Weg zu einem Hotel in der Nähe zu erklären, aber jenes wollte er nicht. Er wollte sicher sein, dass ich die Nacht untergebracht bin. Es war schon spät 0.30 Uhr, welche anständige Frau trieb sich den um die Uhrzeit in einer fremden Stadt rum?

Aber die Alster war ruhig, träumte ihren Traum und die Enten und Gänse schliefen mit dem Kopf im Gefieder, nur die Elbbrücke seufzte unhörbar leise auf, weil der Nordwind sie berührte und fragte seine ewigen Fragen: „ Warum hast du Sie zu ihm gelassen?".

Er, der Vater zog sich an und kam aus der Eingangstür. Die Wohnung lag im vierten Stock und wir fuhren mit dem Fahrstuhl ins Erdgeschoss. Sein Sohn begleitete uns wortlos. Der Vater ging vor, den Weg zur Tiefgarage und ich langsam hinterher >...klick,...klack...<, riefen meine Pumps. Und er achtete darauf, dass er nicht zu schnell lief und ich mitkam.

Er sagte: „ Ich bringe Sie jetzt zu ihrem Auto und dann fahren Sie hinter mir her, ich bringe Sie zu einem Hotel in der Nähe, aber wir müssen erst Fragen, ob das Hotel noch ein Zimmer frei hat" und er lächelte mich sanft an. Dankbar folgte ich ihm und als er an seinem Auto war, öffnete er mir die Hintertür und lies mich einsteigen. Das Auto war gepflegt, ein Audi A7, neueren Datums, Firmenwagen.

Sein Sohn setzte sich wortlos auf den Beifahrersitz, man kann nur erahnen was er dachte. Der Vater setze sich ans Lenkrad und drehte sich zu mir um, mit einer sanften Stimme sprach er mich an: „Ich fahre sie jetzt zu ihrem Auto und dann fahren Sie hinter mir her, alles wird gut".

Ich bejahte seine Ansprache. In meinem Kopf hörte ich die Worte, die er sprach, mein Verstand registrierte die Gegebenheit, aber meine Seele schrie mich an : „ Tu was, tu was,....halte ihn,...ich brauche ihn,...er ist es und er weiß es,... seine Seele braucht uns!!!“.

Ich lies meine Seele schreien und versuchte sie zu ignorieren, aber der Gedanke ihn zu verführen mit meiner Anwesenheit, reizte mich immens und meine Gedanken und Gefühle durchfluteten mich.

Er fuhr mich zu meinem Auto, welches ich mir von meiner Freundin Olga ausgeliehen hatte. Nur ein Stück ausgeliehen, - von Bremen nach Hamburg. Ich komme, oder wir kommen nicht aus Bremen und nicht aus Hamburg, sondern aus der Nähe von Kassel, südwestlich davon.

Man wird sich jetzt fragen warum ich in Hamburg war. Also das war folgendermaßen: Meine Freundin Olga hatte einen Freund in Bremen und da fuhr sie ab und zu hin, um sich verwöhnen zu lassen und ich war auf Beerdigungsmission, da mein ehemaliger Freund mit dem Motorrad tödlich verunglückt war und ich eigentlich auf die Beerdigung von ihm nach Hemoor wollte.

Um gleich zwei Fliegen mit einer Klappe zu schlagen, hatte ich unseren Freund, der in Cuxhaven wohnte, kontaktiert weil er eine Penthouse Wohnung in Hamburg hatte. Er hoffte, dass ich dort übernachten würde um sich etwas mit mir zu amüsieren. Er wollte mir den Schlüssel geben. Aber wir hatten, oder er hatte sich missverständlich ausgedrückt, denn er war mit seiner Ehefrau in Bremerhaven auf einer Party, ja verheiratet - „...glücklich verheiratet...", und ich sollte, in Bremerhaven, den Schlüssel heimlich in Empfang nehmen.

Alles lief nach Plan bis zu dem Punkt, als ich verstanden hatte, dass er irgendwie nicht kam, weil seine Wünsche nicht ordnungsgemäß verbalisieren konnte, wie alle Männer.

Er dachte ich komme nach Bremerhaven und ich dachte, er kommt nach Hamburg, um mir den Schlüssel zu geben.

Und so kam es dass ich in Hamburg, mit Olgas Auto auf einem Parkplatz wartete und der Herr nicht kam. Er rief nur ständig an aber mein Handy war ja aus. Und meine Freundin Olga hat er auch angerufen und sagte: „....Wo ist sie ,....wo ist sie nur warum kommt sie nicht!!!!".

Man hat natürlich auch ein Handy mit dem hätte man anrufen können, aber ich hatte kein Aufladegerät für das Handy, für den Zigarettenanzünder dabei. Ja, ich hätte mir an der Tankstelle eins kaufen können, aber ich hatte mich nicht getraut eine Tankstelle zu suchen oder war einfach zu müde, um meine Gedanken mit solchem Kram zu belasten. Ich hatte nur ein normales Aufladekabel für eine Steckdose dabei und das Problem war, dass ich einfach keinen Zugang zu einer Steckdose hatte.

Ich dachte lange nach,...oder eigentlich wartete ich, dass doch noch ein Wunder geschieht und er doch kommt, aber er kam nicht...!

Also fuhr der Vater mich jetzt zu Olgas Auto, es war nicht weit nur 1 Minute mit dem Auto und ich bedankte mich freundlich und er sagte: „ Fahren sie hinter mir her ich bringe Sie zum nächsten Hotel, Bitte". Ich setzte mich in Olgas Auto und lies ihn an,....überlegte kurz und fuhr dann hinter dem Vater und seinem Sohn her, langsam...!

Die Straßen waren voll. Ampeln blinkten von allen Seiten, wie die Lichter eines Weihnachtsbaums, ein Gewirr von Autos schlängelte sich durch diese Stadt, wie eine grüne Viper durch einen Baum.

Das Feuer geht hier nicht aus. Die Glut ist immer heiß...unfassbar...!

Ich wollte überlegen, aber ich kam nicht dazu, denn nach einer Ampel und einmal rechts abbiegen waren wir schon da, am Hotel.

Es lag im Eppendorfer Stadtteil und liegt 4 km von der Innenstadt entfernt, in der Martinistraße. Ich suchte nach einem Parkplatz, selbst nachts noch ein Problem hier in dieser Stadt. Er stieg aus, er hatte gleich einen gefunden und verwies mich auf einen freien Parkplatz.

Man muss hier viele 1 Euro Münzen besitzen und am besten holt man sich so eine Stange Kleingeld bei der Bank, dann hat man nicht das Problem mit dem Nachfragen, „...Haben sie Kleingeld oder können sie mir wechseln?...".

Er rangierte mich ein und verwies mich morgens einen Parkschein zu ziehen, weil ich sonst einen Strafzettel erhalten würde.

Hab aber keinen bekommen, obwohl ich keinen Parkschein, am nächsten Morgen gezogen hatte, denn die Politessen waren in der Innenstadt beschäftigt, weil ein Fest angesagt war.

Ich stieg aus und er betrachtete mich wie ein seltenes Geschöpf aus einer anderen Welt und sagte: „ Da ist das Hotel, aber wir müssen erst einmal fragen, ob sie ein Zimmer frei haben...", und ich nickte verständiger Weise.

Wir gingen ins Hotel, an die Rezeption, wo ein Concierge uns begrüßte.

Er sagte: „ Guten Abend die Herrschaften!".

Ich ergriff sofort das Wort und erwiderte den Gruß. Ich sprach ihn an und fragte, diesbezüglich nach einem Hotelzimmer und er bejahte, dass er noch ein Zimmer frei hatte, zwar ein Zimmer für Menschen mit Handicap aber ein Zimmer.

Er sagte: „ Es kostet 129 Euro und wollen sie Frühstück, das kostet 10 Euro dazu?", ich bejahte sofort, denn es war mir egal was es kostete. Und er schaute ihn an und fragte: „...Ist es für Sie beide oder für Sie alleine?", ich schaute ihn, den Vater kurz an und begann zu lächeln und ich fragte ihn: „Wollen Sie mit?", er schaute mich perplex und verwundert an, aber er verneinte, ja verneinte und lächelte vor sich hin, er hatte auch Gedanken, er war halt ein Mann.

Seine Gedanken waren so laut, dass ich sie hören konnte. Szenarien spielten sich in seinem Kopf ab.

Ich checkte ein und brauchte eigentlich nur noch meinen Koffer und er ging mit mir aus dem Hotel zum Auto. Am Auto holte ich meinen Koffer und stand auf der Straße. Er schaute mich immer noch an, wie ein Wesen aus einer anderen Welt, ich ergriff die Gelegenheit und fragte ihn: „...Brauchen sie eine Geliebte?", er starrte mich an, mit erhobenen Händen, die Handflächen nach oben und da wusste ich es, er wollte mich.

Er sagte lächelnd: „...Ich muss jetzt leider nach Hause, denn mein Sohn wartet noch im Auto...", den hatte ich ganz vergessen und mir fiel auch der Sohn plötzlich ein, der aus Sicherheitsgründen mitgekommen war, ich hätte ja auch gefährlich sein können, man weiß ja nie...

Er schaute mich an, bat um einen kleinen Moment und er ging ans Auto, öffnete die Fahrertür und kramte etwas hervor und dann kam er wieder mit seiner Visitenkarte, die er mir gab und ich nahm sie dankbar an. Ich wollte mich ja noch am nächsten Tag bei ihm mit Schokolade bedanken, aber jenes wusste er nicht.

Und ich verabschiedete mich und sagte: „ Auf Wiedersehen...", aber er trat einen Schritt auf mich zu und umarmte mich zart und gab mir einen Kuss auf die Wange, ich hatte den Eindruck, dass er mich nicht verlassen wollte und er ging schweren Herzens. Er startet seinen Audi A7 und fuhr los und winkte mir nochmals.

Ich ging mit meinem kleinen Koffer zum Hotel zurück und der Concierge sagte: „ ...Ist das richtig, ich habe Sie nie gesehen.." und ich entgegnete ihm „...So ist es...".

Ich fuhr mit dem Fahrstuhl in den ersten Stock zu meinem Zimmer Nr. 94. Ich öffnete das Zimmer mit der Karte und schob sie in die Behälterung, damit das Licht angeht, ich weiß nicht wie das Behältnis richtig heißt, aber nicht so wichtig, wer schon mal in einem Hotelzimmer war, weiß was ich meine.

Das Hotelzimmer war toll, riesiges Bett, riesiges Bad und am nächsten morgen wahrscheinlich auch ein super Frühstück.

Und es war schon 02.30 Uhr...es war Zeit mich auszuruhen, aber ich fand keine Ruhe. Ich duschte mich und spielte mit den Utensilien im Bad und danach probierte ich jede Teesorte aus, welche: „...with compliments...", dem Gast zur Verfügung gestellt wurden.

Ich machte den Fernseher an, ganz leise ich suchte einen Musiksender oder einen Nachrichtensender, ich weiß gern was in der Welt los ist, egal in welcher Sprache.

Ich legte mich in das riesige Bett und begann zu grübeln, über denjenigen der mich eigentlich eingeladen hatte und nicht kam, aber mich 20 mal anrief und die ganze Welt verrückt machte.

Und über denjenigen, der mich zum Hotel gebracht hatte. Schöner Mann, größer als ich und unglaublich gut aussehend, braun gelockte Haare...

Meine Gedanken kreisten um ihn, ...verheiratet war er, hatte einen Sohn,...ah ja, hat mir doch seine Visitenkarte gegeben. Und ich suchte seine Visitenkarte aus meinem Portemonnaie und betrachtete sie.

Ich drehte sie in meinen Händen und las seinen Namen. Netter Name angenehme Erscheinung und der hatte eine tolle Stimme und seine Figur war durchtrainiert, machte anscheinend Sport.

Er wollte mich nicht gehen lassen und hatte mich auf die Wange geküsst und umarmt, aber nicht so wie man eine Fremde umarmt, die nichts desto trotz mitten in der Nacht vor der Tür stand und wahrscheinlich eine Herumtreiberin war, sondern wie eine Frau, seine Frau oder eine geliebte Freundin.

Ich überlegte...3...2...1, dann nahm ich mein Handy in die Hand und tippte seine Nummer, speicherte ihn und schrieb ihm eine Nachricht.

Ich wollte mich bedanken, dass er mich zu dem Hotel gebracht hatte und na ja mal ganz ehrlich wollte ich wissen, ob er zugänglich für eine Affäre war. Ich wollte ihn schon beim ersten Augenblick, als ich ihn sah und meine Seele hing schon total erschöpft auf dem Stuhl und sagte: „ Endlich, man das hat ja gedauert,...warum hast du ihn nicht gleich geküsst? du weißt doch er braucht uns und wir brauchen ihn...!".

Ich ließ meine Seele leise vor sich hin flüstern, bis sie einschlief, tief und fest würde ich ihr wünschen, aber sie war immer halb wach, erwartete irgendwas, oder war gewappnet, wo gegen auch immer.

Sie schlief eigentlich nie sondern döste vor sich hin. War oft nächtelang unterwegs, trieb sich rum in der Vergangenheit oder manchmal im hier und jetzt. Dann lag sie meist vollkommen fertig auf irgendeinem Mobiliar und jammerte vor sich hin.

Ach Seele wie sehr ich dich doch brauche, hast mit mir schon viel erlebt. Liebevoll betrachtete ich sie. Unruhig trieb sie mich durch die Zeit, im Sturm tanzte sie, fühlte sich, begann zu wachsen. Sie entwickelte ständig Ideen und verspann sich in Träumen, die so gewaltig waren, dass sie, sie kaum bewältigen konnte. Sie langweilte sich sehr schnell, war oft resigniert und wollte nicht leben.

Ich lag in dem riesigen Bett im Hotelzimmer und döste so vor mich hin und ich hörte das leise Summen meines Handys. Ich schaute nach, eine Nachricht von dem, der mich zum Hotel gebracht hatte. Ich öffnete die SMS und las, „...Wir können das unter 4 Augen besprechen bei einem Kaffee...Gute Nacht und LG".

Es war mittlerweile schon 04.00 Uhr. Er war noch wach, er dachte an mich und ich... ich schlief ein.

Am nächsten Morgen, oder eher gesagt ein paar Stunden später so gegen 07.30 Uhr, wachte ich aus meinem Schlaf auf. Ich war benommen und fühlte mich wie vom Laster überfahren.

Ich überlegte im ersten Moment wo ich war aber dann fiel es mir schlagartig wieder ein. Ich schaute zu dem Fernseher, der immer noch an war und die Nachrichten verbreitete. Er war die paar Stunden an und ich habe es nicht bemerkt.

Ich kann eigentlich nicht schlafen wenn es nicht ganz ruhig ist aber ich war so fix und fertig. Ich stand auf und duschte mich, dann ging ich aus meinem Zimmer zum Frühstücken.

Ich hatte ein Frühstück geordert und ich ging durch die große Lounge zum Frühstücksraum, eher schon Halle.

Am Eingang fragte, der Service, nach der Zimmernummer und machte ein bedeutendes Häkchen, an den Namen und die Zimmernummer stand dabei.

Ich durchschritt die frühstückenden Gäste, zu dem Buffet und machte mir einen Überblick. Es war laut, zu laut in der Frühstücks-Lounge, aber man konnte auch draußen frühstücken und jenes tat ich, denn es war warm und herrliches Wetter.

Ich setzte mich raus und eine freundliche Dame kam auf mich zu und fragte, ob ich etwas Kaffee oder Tee wollte. Ich bejahte freundlich ihr Angebot, bestellte Kaffee und sie stellte mir eine Warmhaltekanne Kaffee auf den Tisch.

Vier Sterne hatte das Hotel und der Zimmerpreis war angemessen. Dann stand ich auf, öffnete die Tür zum Frühstücksraum und ging beeilend zum Buffet.

Das Buffet war mehr als ansprechend. Es wurde alles gereicht, Brot, Brötchen und Backwerk in verschiedenen Varianten, Wurst, Schinken, Käse, Lachs, Quark und Joghurt, Eier, Rühreier, Würstchen und vieles mehr. Die Kreationen zum Frühstück waren großartig.

Ich nahm mir etwas Lachs und ein bisschen Rührei und ging wieder nach draußen. Ich nahm mein Handy zur Hand und er, der mich eigentlich erwarten sollte und nicht da war, weil er mit seiner Frau auf irgendeinem Fest in Bremerhaven war, meldete sich.

Er schrieb mir: „Ich komme am Nachmittag nach Hamburg und freue mich schon auf dich!".

Ich war immer noch wütend auf ihn, lies mich da sitzen vor seiner Tür und macht sonst was für ein Theater.

Ich frühstückte sehr lange und mir flossen die Gedanken, wie eine Welle durch den Kopf. Ich nahm mein Handy nochmals in die Hand und schrieb meiner Freundin.

Ich fragte sie wo sie war und ob sie schon in dem Zug nach Kassel saß. Sie schrieb mir, dass sie schon zu Hause war und es den Kindern gut ginge. Sie verfluchte ihn auch, nachdem ich ihr alles erzählt hatte und ich erklärte ihr und fragte sie, ob sie jenes, so verstanden hatte, dass ich nach Bremerhaven kommen sollte und sie verneinte.

Ich beschloss mich nicht mehr zu ärgern und nachdem ich gefrühstückt hatte ging ich wieder auf mein Zimmer und packte meine Sachen, es war Zeit aus zu checken.

Ich ging zu Olgas Auto und nachdem ich meine Sachen verstaut hatte gab ich die Adresse von ihm ein. Ich fuhr nicht weit und stellte mich auf einen Parkplatz in der Nähe von seiner Wohnung und ich stieg aus und machte einen Einkaufsbummel. Ich wollte mich auch mit Schokolade bei dem anderen Mann bedanken.

Ich bummelte und kaufte mir dies und das und Schokolade für die beiden Herren, die mich zu dem Hotel brachten.

Ich ging danach geraden Wegs zu den beiden, mich schreckte die Frau nicht, hatte ja nichts mit ihrem Mann. Ich klingelte und der Sohn machte mir auf und ich überreichte ihm die Schokolade, aber er sagte, seine Eltern wären einkaufen, es war Samstag und man brauchte ja etwas für das Wochenende.

Kapitel 4

Ich ging wieder und setzte mich in das Auto und ich wartete schon wieder auf den, der mir gesagt hatte, dass er kommt. Und dann bekam ich eine Nachricht von ihm, dass er auf dem Weg wäre.

Er schrieb mir, ich bin schon an der Elbbrücke, 10 Minuten und ich bin bei dir und das war er dann auch . Er fuhr zu mir und stieg aus und ich stieg auch aus, er lächelte mich an und dann nahm er mich und küsste mich so innig, dass er vergaß, sein Auto von der Straße zu stellen und ein Hupkonzert fing an. Er winkte die hupenden Autofahrer ab und sagte: „Ja, ja...".

Er stieg in sein Auto und stellte es neben meins und dann sagte er: „Folge mir in die Tiefgarage". Ich folgte ihm und ich stellte mich auf Platz 19, der war immer frei, ich war

nicht zum ersten Mal hier und auch
nicht zum letzten Mal.

Er stieg aus und ich auch und er
küsste mich zärtlich. Dann nahm er
mich in seine Wohnung mit, meine
Schuhe machten,>...klick...klack<,
denn sie kannten schon den Weg.
Wir stiegen in den Aufzug und
küssten uns, als wir endlich da
waren öffnete er die Haustür und lies
mich hinein.

Er schimpfte mich ein wenig und
fragte: „ Warum hast du dich nicht
gemeldet,...ich habe dich ständig
angerufen und Olga auch noch und
wo war, denn die eigentlich?".

Ich schwieg eine ganze Weile und
ging auf seinen Balkon um draußen
die Aussicht zu genießen, ich konnte
ja nicht erwähnen, dass sie bei
einem anderen Mann in Bremen war.

Er kam zu mir und stellte sich
hinter mich und er drückte mich an

sich und sagte: „Ich habe mir Sorgen um dich gemacht und du meldest dich nicht, warum hast du dir kein Aufladegerät in der Tankstelle gekauft?".

Ich schwieg, drehte mich um, küsste ihn und ging hinein. Ich sah einen Zettel auf dem Tisch liegen, da stand drauf: „ Lieber..., ich habe deinen Lieblingssalat hinten in den Kühlschrank gestellt...Kuss...und der Vorname seiner Ehefrau...".

Ich schaute ihn an und dachte mir: „ Aha..., von wegen, sie haben ein Abkommen...". Würde dies eine Ehefrau, einem untreuen Ehemann schreiben?

Ich glaubte seinen Worten nicht, von wegen: „... Ich liebe nur dich, du bist besonders, der gleiche Typ Frau, auf den ich stehe, schön, intelligent...". Ich wollte ihn nicht mehr, ich war gekränkt.

Ich schwieg, den Abend, über den
Brief und machte uns Melone und
Schinken mit Oliven und
irgendeinem Dip, den ich schnell
zauberte.

Er öffnete eine Flasche
Champagner und schenkte uns ein.
Er fragte mich noch etwas über den
Nachbarn aus, der mich zum Hotel
gebracht hatte und meinte zu mir:
„Hast du denn nicht schon genug
Liebhaber in Hamburg, reicht es dir
denn nicht langsam...?".

Ich beachtete sein Gerede nicht,
was ging ihn das an? Was hat er
denn, er hat doch auch reichlich
Damen und seine Ärztin mit der er
sich in den Swingerclubs herumtrieb,
natürlich nicht nur mit ihr allein, er
mietete noch eine Dame dazu, die
sie beide animierte, ja..., dass
machte er. Und erschwerend dazu
kam auch noch , dass er verheiratet
war.

Mit welchem Recht kam er dann auf mich zu, mich zu maßregeln und um zu erfragen, wie viel Liebhaber ich hätte und wo und was, was soll das denn? Ich war doch eher nur ein Mitbringsel für ihn.

Kennengelernt hatte ihn Olga, da muss ich jetzt einen kleinen Exkurs machen oder eher einen größeren um zu erklären wie sich das ganze Szenario verhielt.

Eines Tages besuchte ich sie und sie berichtete mir von einem Portal, indem man sich mit Männern unterhalten kann, man musste sich auch anmelden. Das war aber kein frivoler Chat sondern ein ganz normaler für Singles, oder für, ja...glücklich verheiratete Männer die sich für Singles hielten und eine Affäre suchten.

Jedenfalls hat sie ihn im Chat angeschrieben, sein Bild und Profiltext gefiel ihr. Er machte auch unmissverständlich seinen Status klar und sagte: „Ich bin verheiratet, glücklich und suche eine Geliebte".

Er schickte ihr sein erstes Bild und nicht sein Gesicht war drauf,...sondern sein Penis...!

Jedenfalls berichtete sie mir davon. Ich war na ja,...nicht so überzeugt von ihm, auch dass er sich zu der Zeit gerade in Afrika mit seiner Tochter aufhielt und Urlaub machte. Olga berichtete mir, dass er eine Harley Davidson hatte. „Was für ein Angeber!", erwiderte ich ihr nur missfallend.

Wenn ich gewusst hätte, was noch kommen würde, hätte ich ihr an diesem Tag fristlos die Freundschaft gekündigt und mich sofort auf dem Absatz herumdreht und sie nie wieder angesprochen und geleugnet dass ich sie kenne.

Jedenfalls unterhielten sie sich jetzt öfters. Dieser Mann macht dies und das....bla...bla...

Jeden Tag kamen sie sich irgendwie näher. Sie erzählten sich ihren Alltag und ihre Wünsche. Sie bekam heraus, dass er in Hamburg wohnte. Ja..., so war es und da kam es noch besser...

Er stand auf eine dreier Beziehung, dass heißt er favorisierte eine Freundin zu haben, die Bisexuell war und er brauchte noch für seinen Kick, eine dritte Frau, die sich mit ihr amüsierte und er wollte oder kam auch irgendwann dazu, um sich zu befriedigen mit beiden Frauen. Das machte ihn an und erregte ihn.

Und was sagte meine Freundin dazu?, sie war begeistert und schwebte 20 cm über dem Erdboden, weil sie nicht wusste was auf sie zu kam, auf sie zu rannte mit großen Schritten, unaufhaltsam wie ein Tsunami der alles mit sich fort reißt und nichts mehr stehen lässt.

Eine große Wasserwelle, die uns verschlucken wird.

Und dann kam der Tag der Stille und er meldete sich nicht mehr, weil sie ihm unmissverständlich klar gemacht hatte, dass sie dafür nicht zu haben ist.

Aber aus lauter Verzweiflung schrieb sie ihm, dass sie aufgewacht wäre und ich neben ihr lag, weil wir eine Flasche Wodka getrunken hätten und sonst was noch mit uns beiden angestellt haben. Und sie bat ihn um Rat was jetzt in dieser Situation zu tun wäre. Er sagte: „Bring ihr einen Kaffee und küss sie zärtlich und sag ihr, dass es wunderschön war".

Und damit hatte sie ihn am Haken. Er unterhielt sich wieder mit ihr. Sie schickte ihm ein Bild von mir und er befand mich als „perfekt", zur Animation von ihnen beiden, um sie beide sexuell zu erregen und die Arbeit zu erledigen.

Und dann kam der Tag des ersten Treffens. Sie verabredeten sich, er fuhr 500 km um sie zu sehen, denn er kam geschäftlich aus Berlin und wollte zurück nach Hamburg und fuhr über Kassel . Und sie kam nicht alleine sondern mit mir, da ich besorgt um sie war. Ich wollte, dass sie sich in der Öffentlichkeit treffen, nicht allein. Sicherheit geht vor, wer weiß, was das für einer war, ich bin immer skeptisch.

Und wir fuhren nach Baunatal in der Nähe von Kassel, um ihn zu treffen, dort ist ein belebtes Einkaufszentrum. Ich wollte sie nur aus Sicherheitsgründen begleiten, um meine mütterlichen Gefühle auszuleben und Beistand im Notfall zu leisten.

Sie hatte ein schwarzes Kleid mit Knöpfen an, hohe Pumps und geschminkt, nicht zu viel nicht zu wenig, angemessen. Ich war auch in einem schwarzen Kleid gekleidet und geschminkt mit hohen Pumps, aber ich wollte ihr Treffen nicht begleiten. Ich wollte nur schauen, dass er kein Triebtäter war und mich danach den attraktiven Angeboten des Centers widmen, aber es kam alles anders...

Er schrieb ihr, dass er da war. Am Anfang des Parkplatzes. Wir gingen aus dem Center heraus, denn wir warteten dort, weil wir dachten er wäre schon da . Olga schickte ich vor und er stand neben dem Auto einem schwarzen Mercedes. Sie kam auf ihn zu, strahlend und er und sagte zu ihr: „Du bist viel größer als ich mir vorgestellt hatte", und Olga erwiderte: „Ich hab Schuhe mit Absätzen an...", er fragte: „Kannst du damit gut laufen...?", seine Schwäche waren schöne lange Beine und hohe Schuhe.

Und dann drehte sich Olga um und machte den entscheidenden Fehler, weil sie sagte: „Und das ist meine Freundin...", ich war 15 Meter entfernt, Sicherheitsabstand, ich wollte nicht zu ihnen, aber er drehte sich um und sah mich und dann funkelten seine Augen und ein Lächeln machte sich breit in seinem Gesicht, dann ging ich aus Gründen der Höflichkeit zu ihnen, mich innerlich verfluchend und er lächelte mich an.

Ich begrüßte ihn freundlich und Olga sagte: „Das ist meine Freundin Andrea". Ich wollte mich zurück ziehen, aber er sagte: „Jetzt gehen wir erstmal was trinken, wir alle drei!", ich erwiderte freundlich, dass ich eigentlich nicht dazu gehöre und er sich doch mit ihr treffen wollte, aber meine Ansprache fiel unter den Tisch und ich musste mit, geführt von seiner Hand an meiner Schulter.

Wir suchten eine Lokalität und fanden einen kleinen Italiener, ich dirigierte sie dahin und wir setzten uns, weil Olga, sich wie immer, nicht auskannte, orientierungslos. Er bestellte 3 kleine Flaschen Sekt und wir stießen erst mal an. Dann unterhielten sie sich oder wir uns und wir beschlossen, was Essen zu gehen.

Wir fuhren nach Kassel zu einem Italiener. Wir setzten uns und ich ging auf die Toilette. Er strich ihr unter dem Tisch, über die Schenkel und dann näherte sich Olga ihm und er war bereit, sie zu küssen, sie fragte: „Darf ich dich küssen?". Und er lies sich küssen.

Ich kam von der Toilette und sie kam mir entgegen und sie wollte auch auf Toilette gehen. Ich setzte mich neben ihn. Der Hamburger, 184 groß gut aussehend, um die 50-55 Jahre. Und er schaute mir ins Dekolletee, auf meinen roten BH. Und er neigte sich an mich heran und sagte: „Küss mich!", ich war erschrocken, was war mit Olga und was sollte ich tun. Ich neigt mich zu ihm und sagte: „Nein du gehörst nicht mir!", und er kam mir ganz nah und dann küsste er mich und ich erwiderte seinen Kuss, leidenschaftlich.

Er war überrascht von meinem Kuss, leidenschaftlich hat er selten geküsst, oder wurde er, vielleicht nie so geküsst, wer weiß!Ich war irritiert und Olga kam zurück und fragte ob wir uns geküsst hätten und ich schämte mich und er …? Aber sie schien es zu akzeptieren und wollte es irgendwie, ich war irritiert.

Wir aßen Steak, sie noch mit Spargel und Sauce Hollandaise. Ich bin Laktoseintolerant, wie schon erwähnt, ich muss bei diesem Gericht passen.

Er bezahlte und wir gingen raus aus dem Lokal. Wir wollten eine Zigarette rauchen und das taten wir vor der Tür.

Da küsse er sie nochmals und dann, verlangte er dass, wir uns küssen, Olga und ich und wir taten es und dann küsste er mich nochmals, Schicksal besiegelt, aus dieser Nummer, kommst du nicht mehr raus!!!.

Dann brachte er uns wieder zu unserem Auto, nach Baunatal, zum Einkaufcenter. Er verabschiedete sich mit einem Kuss bei Olga.

Ich saß hinten. Sie stieg aus und ging zu ihrem Auto und dann, drehte er sich um zu mir, mit seinem ganzen Körper saß er, nicht mehr auf dem Sitz sondern, mit angewinkelten Knien auf dem Fahrersitz. Ich richtete mich zu ihm und kam ihm näher und dann küsste ich ihn voll Leidenschaft und gierig. Ich fühlte, dass irgendwas in ihm brodelte und er stieg aus, riss die Hintertür auf und schaute mir auf meine braunen Beine und sagte: „Ich will dir nicht unter den Rock fassen".

Ich schaute ihn überlegen an und sagte kein Wort, sondern

lächelte nur. Er beugte sich zu mir runter und küsste mich nochmals und nochmals und dann stieg ich aus.

Und wünschte ihm eine gute Fahrt. Ich ging zu Olga und ihrem Auto und dann fuhr er weg und ich schaute ihm nach.

Ich überlegte lange und dann stieg ich zu Olga ins Auto. Sie war begeistert von ihm, redete wie ein Wasserfall: „Sieht er nicht gut aus?, was für ein Mann und ein Gentleman".

Dann fuhren wir nach Hause und ich schwieg und Olga redete und war begeistert. Man muss dazu sagen, dass Olga sich in alles und jeden verliebt, er muss nur blaue Augen haben und das hatte er.

Es ging weiter und sie unterhielten sich jetzt jeden Tag, über einen Chat im Handy. Er wollte sich mit ihr Treffen, um sich näher zu kommen, ja...miteinander schlafen, eine Nacht.

Man muss ja wissen ob man im Bett zusammen passt. Und sie verabredeten sich in Hannover. Ich wurde zur Kinderbetreuung eingesetzt. Und sie fuhr mit dem Zug nach Hannover. Ich brachte sie nach Kassel-Wilhelmshöhe zum Hauptbahnhof, setzt sie in den Zug und schickte sie zu ihm. Sie gab ihm auch meine Handynummer, natürlich mit meinem Einverständnis. Und dann fuhr sie los und er erwartete sie in Hannover.

Er holte sie vom Bahnhof in Hannover ab und sie fuhren in ein Hotel, es war schon abends und dann, ja dann...Er schickte mir über sein Handy die Bilder, wie sie miteinander sich im Bett begegneten. Olga war irritiert darüber und ich erst!

Und nach einer wilden Nacht im Hotel, fragte er Olga, ob er sich mit mir treffen könnte und sie bejahte die Angelegenheit, was ich nicht wusste.

Sie kam dann nach Kassel-Wilhelmshöhe Hauptbahnhof und ich holte sie ab und sie war begeistert, erzählte mir jedes Detail und ich schwieg. Ich dachte mir das wird ja nicht mehr lange gehen und ich schloss es aus, dass diese kleine Affäre sich ausweitete, ein schon die Entfernung war zu weit.

Was ich nicht verstehen konnte war, dass ich jetzt dran war. Er schrieb mir und ich war irritiert, aber sehr!. Er wollte sich mit mir treffen und ich wollte nicht, warum auch?

Er fing an mich jeden Morgen zu begrüßen und schickte mir Bilder von sich. Und ich chattete mit ihm manchmal. Ich wollte ihn nicht und das merkte er. Er versuchte mich zu bekommen und ich versuchte ihm zu entgehen. Ich wollte mich nicht ihm hingeben.

Verzweiflung machte sich breit bei ihm. Er beschwerte sich bei Olga, dass ich geschrieben hatte: „Denk mal über dein Leben nach!".

Ich wehrte mich mit Händen und Füßen. Und immer wenn ich sie besuchte und ich besuchte sie oft, dann fragte sie: „Was hast du mit ihm, schon wieder gemacht?".

Sie sagte: „Er verzweifelt an dir". Und ich fühlte mit jedem Augenblick meine Macht über ihn. Aber ich wusste, ich konnte ihm nicht entgehen. Olga liebte ihn und ich liebte Olga und dann stimmte ich zu, mich mit ihm zu treffen, aber zu meinen Bedingungen.

Er musste zu mir nach Kassel kommen, ich fahre nicht irgendwo hin. Ich brauche mein Territorium, wo ich herrsche und stark bin und ich zur Not gehen kann. Und dann kam er nach Kassel, mietete ein gutes Hotel und ich , ja ich hatte Zeit...

Den Abend badete ich mich sehr lange, zog meine halterlosen schwarzen Strümpfe an, keinen Slip, ich ziehe nie einen Slip an, mein schwarzes Kleid, schminkte mich, föhnte und glättete meine Haare und trug ein Parfümöl auf.

Den Tag vorher besuchte ich Olga und setzt mich in die Küche und schwieg und dann ging ich wieder. Ich schaute sie an hörte den Klang ihrer Stimme zu und dann dachte ich nach, sehr lange und ging, ohne an sie ein Wort zu richten.

Sie erzählte es ihm und fragte, was er mit mir gemacht hätte, aber er wusste keine Antwort und seine Unsicherheit wuchs.

Sie schrieb ihm: „Heute treffen sich zwei Titanen, du wirst sehen - sie ist unglaublich!".

Ich fuhr los zu ihm ins Hotel nach Kassel. Ich war zu spät, eine Dame darf zu spät kommen. Er schickte mir eine Nachricht: „Kommst du noch?".

Ich komme im allgemeinem zu meinen Liebhabern immer zu spät. Ich bin da vollkommen frei. Ich weiß, was ich Wert bin. Sie warten alle auf mich und wenn es Stunden oder Tage, selbst Wochen dauert, sie warten auf mich, sehnsüchtig und bettelnd.

Ich weiß nicht so richtig warum, Olga sagt immer: „Wer liebt denn dich nicht, du bist schön, intelligent, blond, bezaubernd und hast super tolle Beine". Dabei hat sie viel schönere Beine, sie ist zwar nicht blond, sondern brünett und schlank, aber hat nach meiner Meinung, die schönsten Beine und vor allem die längsten, unglaublich ist sie, in jeder Beziehung.

Ich suchte mir hinter dem Hotel einen Parkplatz und ich schrieb ihm: „ Ich bin da!". Er schrieb mir zurück: „Ich eile, ich hole dich!".

Ich stieg aus meinem Auto aus und ich ging Richtung Hotel und er ging mir, mit schnellen Schritt entgegen und freute sich.

Als er mich erreichte, umarmte er mich und sagte: „Endlich!".

Wir gingen ins Hotel, durchquerten schweigend die Eingangshalle, ich an seiner Hand geführt, man weiß ja nie, vielleicht flüchtet sie.

Er führte mich mit einem Lächeln zu seinem Zimmer, öffnete die Tür und bat mich vor zu gehen. Ich ging hinein und er kam hinterher, er drückte mich an die Wand und küsste mich leidenschaftlich und gierig. Er nahm mich auf seine Hände und legte mich auf das Bett. Er küsste mich gierig und ich ihn.

Seine Hände wanderten und erforschten meine Schenkel und er merkte und fühlte, dass ich keinen Slip trug. Ich zog mein schwarzes

Kleid aus, meine schwarzen Strümpfe behielt ich an. Er schaute mich an und sagte: „Ich will dir nicht weh tun, ich werde dir nicht weh tun, du brauchst keine Angst zu haben". Hatte ich auch nicht, denn er war auch nur ein Mann. Wir begannen das Spiel. Er dachte, dass er jetzt das Geschehen beherrschte, aber ich drehte mich mit ihm und saß dann plötzlich auf ihm, er war erstaunt, dass ich die Führung übernahm. Ich schaute ihn an, fordernd, frech und sagte: „Ich habe mehr erwartet!". Und dann zeigte ich ihm, wer der Herr im Hause war! Er fragte mich: „Wie viele Liebhaber ich hätte und mit welcher Anzahl von Männern ich schon gleichzeitig im Bett war?".

Ich schwieg und lächelte nur und sagte: „Zwei, mit zwei Männern".

Er glaubte mir kein Wort, er schätzte, mindestens 5 gleichzeitig, ich hätte bestimmt eine Menge Liebhaber. Er versuchte mich auszufragen. Dann nahm er mich und ich genoss es, ich schrie und stöhnte laut und das Bett sah am nächsten Morgen unglaublich benutzt aus. Mir war es egal, ob er auf allen Vieren das Zimmer verließ.

Am Morgen packten wir unsere Sachen und gingen in die Frühstücks-Lounge und er holte uns einen Kaffee, ich trinke schwarz ohne Milch und Zucker, er mit Zucker, obwohl er sonst auch nur schwarzen Kaffee trank. Ich saß mit ihm am Kamin und das Feuer brannte. Wir unterhielten uns über Olga, ihre Situation mit ihrer Trennung von ihrem Nochmann,...bald Exmann.

Er war müde, fix und fertig und hatte noch einen weiten Weg, nach Hamburg vor sich. Er war vorsichtig mit der Unterhaltung, er verstand nicht dass, Olga nicht eifersüchtig war und wir ihn teilten, er hatte bestimmt schon sehr negative Erfahrungen mit Frauen gemacht.

Er erzählte mir von seiner Frau, ja...glücklich verheiratet und was sie verdient hat und was nicht. Er lobte sie und er würdigte, dass sie sich mit dem Abkommen, dass sie tagsüber die heile Familie spielten und nachts jeder tut was ihm beliebt, zustimmte. Er hatte nach dem Abkommen, einmal den Fehler gemacht, eine von seinen Geliebten nach Hause zu bringen und morgens am Kaffeetisch, begann das Unheil.

Seine Frau fand, dies sehr unangemessen. Man kann nur erahnen was da los war. Szenen spielten sich in meinem Kopf ab. Ich sagte zu ihm: „...Sei froh, dass ich nicht deine Frau bin, ich hätte dich umgebracht...!".

Er sagte: „ Wenn es so, bei uns so bleibt, es wunderbar wäre und er so was noch nie erlebt hätte". Und wir beide, Olga und ich, vollkommen unterschiedliche Charaktere aufwiesen.

Er sagte zu mir, wenn ein Mann ihm anbieten würde, dass er für eine Nacht mit seiner Frau 10.000.000 Euro bekommen würde, würde er es machen, weil so viel Geld du schwer verdienen kannst. Ich glaube er wollte nur meine Meinung diesbezüglich wissen, aber ich schwieg und nickte nur kurz. Komisches Gesprächsthema!

Er musste weg und es war schon später Morgen und mich hielt auch nichts mehr. Er wurde schon angerufen, von seinen Angestellten und ich wollte zu Olga.

Er küsste mich zum Abschied und er fuhr nach Hamburg. Ich stieg in mein Auto und fuhr zu Olga, die mich neugierig erwartete und mich ausfragte.

Der Kontakt zu ihm wurde immer intensiver. Olga chattete mit ihm und er mit ihr. Ich hielt mich daraus, zu seinem Ärgernis, ich lies mich nicht delegieren. Er wollte uns zusammen im Bett. Er machte den Vorschlag ihn in seiner Zweitwohnung in Hamburg zu besuchen und mit ihm in eine frivole Bar zu gehen, Olga war begeistert und bereit, sie liebte ihn. Er machte schnell mit ihr das Treffen aus, schickte ihr die Adresse in Hamburg und wir, ja...wir sollten kommen. Es war, so Hals über Kopf, dass ich keine Möglichkeit für ein Veto hatte und wir fuhren nach Hamburg. Die Kinder zu Hause bestochen mit Süßigkeiten, Geld, Vorgekochtem Essen und Versprechungen und einem wichtigen Termin, den wir wahrnehmen mussten. Wir verließen das Haus, unauffällig gekleidet, so als wollte man einkaufen gehen, kurz zum Elternabend, unauffällig...! Wir zogen uns dann, in einer Raststätte in der Nähe des Einsatzortes um, schminkten uns unter den Augen staunender Besucherrinnen der Damentoilette, der Raststätte, mit ständig stellenden Fragen, warum und wo und nach Beantwortung der Fragen, ob sie mit dürften. Komische Welt wenn man Leidenschaften weckt.

Wir beide fuhren, also nach Hamburg, sie übernahm den Bordservice, Kaffee und Snacks für mich und sie, sie steckte mir nach verlangen eine Zigarette an, immer wenn ich sie bat und sagte freundlich: „Entschuldigung!", ihr Lieblingswort, wenn sie mir den Kaffee falsch reichte und ich mich verbrühte, oder ich mich an der Zigarette verbrannte, weil sie sie mir irgendwie unbeholfen gab. Aber das machte nichts. Ich übersah immer ihre kleinen Verfehlungen. Sie stimmte mich milde mit ihrem Habitus, mit dem Singsang ihrer Stimme. Sie lenkte und navigierte mich oft falsch: „ Rechts, leicht rechts,....nein das andere Rechts, neeeeeiiin Links...!!! Wir verfuhren uns immer, die Betonung liegt auf: „...Immer...!". Ich fuhr nach Kassel auf die A49 und dann, auf die A7, weiter an Göttingen vorbei, nach Hannover und dann weiter auf der A7 nach Hamburg. Das Navi leitete uns durch die Elbbrücke, ach... Elbbrücke was liebe ich sie. Ich war nicht zum ersten Mal in Hamburg und es sollte auch nicht das letzte Mal sein.

Aber wo er wohnte kannte ich nicht. Ich kannte den Fischmarkt, am Hafen, die Alster und Außenalster, die alte Elbbrücke und die leckeren Fischbrötchen, die es am Hafen gab.

Wir suchten die Adresse und parkten auf einen Parkplatz, weil ich nicht wusste wo er eigentlich wohnte. Olga sendete ihm, dass wir da wären und er suchte uns.

Wir fanden ihn, er stand auf der Straße, mit Latexhose und Lederjacke und freute sich. Er ging energisch auf uns zu, riss die Beifahrertür von meinem Auto auf und küsse Olga, dann küsste er mich und er dirigierte uns in die Tiefgarage. Platz 19 war immer frei, da sollte ich meinen Wagen hinstellen und ich tat es. Er freute sich und ich war fix und fertig, 366 km bis zu ihm, oh man..., ich spürte jeden Knochen, mein Rücken tat mir weh und wir sollten noch mit ihm in eine frivole Bar gehen.

Er nahm uns mit durch die Tiefgarage zu seiner Penthouse-Wohnung, ganz oben. Tolle Wohnung, Eigentumswohnung mit Terrasse mit Blick über Hamburg, der Flughafen war ganz in der Nähe.

Er lobte uns und hatte uns Kleider zum Ausgehen gekauft. Olga zog ein Kleid an und sie war nicht begeistert und ich auch nicht. Ich hatte schon ein schwarzes Kleid an, die Schultern waren nicht bedeckt und natürlich halterlose Strümpfe und keinen Slip, halt wie immer. Er sagte zu mir: „Du kannst so bleiben".

Wir tranken Kaffee und rauchten und dann fuhren wir los. Olga saß vorne und ich hinten in seinem Auto und er setzte uns vor der Bar ab und suchte einen Parkplatz. Ladys lässt man nicht laufen. Wir warteten auf ihn bis er kam und wir gingen die Treppe rauf zu dem Etablissement, frivole Bar in Hamburg.

Wir klingelten und man ließ uns herein. Der Service an der Bar fragte auf welchen Namen die Rechnung geschrieben werden sollte und er gab seinen Namen an, aber so hieß er doch gar nicht. Wir machten einen

Rundgang, Olga und ich begleiteten ihn, ich an seiner Hand geführt und Olga im Arm drängelten wir uns durch das Geschehen. Er führte uns mit Stolz herum, begrüßte den einen oder anderen Bekannten, der ihn neidvoll anschaute, wie denn zwei Damen? Und wir setzen uns nach kurzem Rundgang ins Kaminzimmer auf eine Couch.

Er holte Getränke, Sekt auf Eis für uns und er trank ein Soft-Getränk, light natürlich.

Ich beobachtete das Treiben. Leute saßen herum in Pyjamas und Frauen in Nachthemden und Dessous oder was sie dafür hielten, erschreckende Erkenntnis der Geschmacklosigkeiten reihte sich an einander. Wir stießen erst mal an und wurden von den anderen beobachtet. Ein Mann um die 55 und zwei Damen. Man spekulierte, Freundinnen oder Huren?

Wir redeten und fühlten uns frei, niemand kannte uns. Wir küssten ihn abwechselnd und tranken den Sekt auf Eis. Lasziv rauchte ich eine Zigarette und Olga setzt sich auf ihn, spiele mit ihm. Ich sah dem Treiben zu und nicht nur ich auch die anderen Gäste sahen gespannt zu.

Sie kümmerte sich um ihn und bewegte sich Rhythmisch. Er wollte, dass sie aufhörte damit er nicht kam. Er schimpfte sie etwas freundlich und befahl ihr sich von ihm runter zu bewegen damit er etwas Pause hatte. Er konnte nur einmal kommen. Kurz nachdem Olga auf ihm saß, wendete ich mich ihm zu. Ich setzte mich auf ihn und bemühte mich. Er forderte nach einiger Zeit eine Pause, die ich ihm gewährte und wir wollten tanzen, auf der Tanzfläche.

Das taten wir auch, tanzten und lachten und gingen herum mit ihm. Er zeigt uns weitere Räume des

Etablissements und wir gingen zurück und setzten uns, aber an einen anderen Platz, weil unserer besetzt war. Wir begannen weiter zu spielen, es war schon spät und wir wollten gehen. Olga setzt sich auf ihn und begann mit dem Spiel und er wehrte sich, weil er wieder stoppen wollte, aber diesmal hatte er keine Chance. Das Thema war beendet und wir konnten gehen. Er bezahlte und wir stiegen ins Auto und fuhren wieder zu seiner Wohnung zurück.

Wir knutschten im Fahrstuhl und lachten bis wir vor der Eingangstür standen. Als wir in seiner Wohnung waren hatten wir noch Hunger und wir aßen noch etwas und tranken Sekt dazu, wir bringen immer was mit, Melone und Schinken, Wurst und Käse.

Er nahm mich beiseite und bat mich darum, dass ich mich zu ihm legte, nah an ihn. Ich duschte mich, putzte mir die Zähne und legte mich zu ihm ganz nah. Der Fernseher lief und Olga beschwerte sich, dass sie nicht bei so einem Lärm schlafen könnte und schaltete den Fernseher aus. Da lagen wir nun, Olga auf der rechten Seite und er weiter links und ich bei ihm auf seiner Schulter, ganz nah, so wie er es wollte.

Die Nacht oder eher der frühe Morgen war mit einer leise schnarchenden Olga und einem laut schnarchenden Mann durchzogen und ich schlief nicht, konnte nicht, war unruhig. Fremde Umgebung konnte mich nicht beruhigen. Auch er konnte mich nicht beruhigen, obwohl ich auf seiner Schulter lag. Irgendwann bin ich doch eingeschlafen für 20 Minuten und wurde unsanft von Olga geweckt.

Wir standen so gegen 09.00 Uhr auf, er musste nach Hause zu seinem Betrieb und wir mussten auch nach Hause. Wir frühstückten und tranken Kaffee und dann packten wir unsere Sachen und verschwanden, genauso wie wir gekommen waren.

Wir fuhren hinter ihm her, bis zur Elbbrücke und dann Hannover, Göttingen und Richtung Kassel und da waren wir zu Hause. Olga war begeistert von der Nacht und mit ihm. Verarbeitete die Nacht durch ständiges Wiederholen und schwelgte in Erinnerungen, an die Nacht. Sie liebte ihn. Ich schwieg und hörte zu.

Sein Vertrauen wuchs zu uns, er war sich sicher mit uns keine Katastrophe zu erleben, denn wir waren anders, als alles was er jemals erlebt hatte. Andere Frauen schrieben seiner Frau, Emails und standen ungefragt vor seiner Tür, was ihn in Erklärungsnot brachte.

Eines Tages lud er uns, nach sich zu Hause ein, weil seine Frau dienstlich 3 Tage verreist war, sicher ja...glücklich verheiratet.

Wir fuhren zu ihm am Wochenende, Kassel, Göttingen, Hannover, Bremen und dann nach oben auf der Landkarte zu ihm, seinem zu Hause, was für eine Ehre! Wir kamen an und waren nicht sicher, ein großes Haus, gepflegtes äußeres. Er war unterwegs auf seinem Besitz. Wir meldeten uns, dass wir da waren und er sagte: „Ich komme gleich!". Olga stieg aus und ich fuhr aus Sicherheitsgründen mein Auto vor dem Eingang weg. Und dann kam er angefahren mit seinem Mercedes und stellte sich neben mich und sagte: „Fahr dein Auto vor den Eingang, du kannst dort stehen!". Er begrüßte sie und dann mich mit Umarmungen und Küssen und ließ uns ins Haus rein. Er zeigte uns voller Stolz sein Haus, führte uns rum, Wohnzimmer, Arbeitszimmer, Küche, Schwimmbad usw., Hausführung von oben bis unten und den Garten.

Wir setzen uns erst mal auf die Terrasse um was zu trinken. Ich war fix und fertig von der Fahrt. Ich trank etwas und zog mir meine Schuhe aus und ging auf dem weichen Gras im Garten spazieren, unter Beobachtung von Olga und ihm. Sie kamen ins Gespräch, über die Situation, der Trennung von ihrem Ex-Mann und die Forderungen von ihm.

Er wollte sich auszahlen lassen, denn sie wohnte im Haus und er wollte das Haus verkaufen. Aber das ging nicht denn dann hätte sie ja eine Wohnung mieten müssen. Es war schwierig bei uns eine 4 oder 5 Zimmer Wohnung zu bekommen. Die Kinder hätten die Schule wechseln müssen oder lange mit dem Bus fahren.

Weiterhin hätte die Miete, der Wohnung, mehr gekostet, als der Abtrag des Hauses. Aber ihm, dem Ex-Mann war diese Tatsache egal,

Hauptsache er hatte sein Geld, was für ein Egoist.

Er sagte zu uns: „...Ich werde euch zur Not helfen, dann seit ihr nicht meine Freundinnen sondern meine Huren...!". Seine Worte beleidigten mich zu tiefst. Ja, wir brauchten Hilfe, aber nicht mit solchen Worten. Ich dachte lange über seine Worte nach, Huren! Welche Wertschätzung brachte er uns entgegen? Ich war gekränkt, tief gekränkt, von seiner Ansprache und zog mich in die Küche zurück, um etwas für uns zum Abendessen vorzubereiten. Ich bin firm im kochen, ich finde mich schnell zurecht, denke mich in das System hinein. Ich fand die Töpfe und die Utensilien zügig, machte mir einen Überblick über das Sortiment, in der großen Speisekammer und kümmerte mich wohlwollend, um den kleinen Hund der mich beobachtete. Freundlich war er, süß.

Ich bereitete Frikadellen, Rotkraut, Porree Gemüse, kleine Frühkartoffeln und Soße mit Rotwein und Zwiebeln zu. Deckte den Tisch in der Küche. Während ich in der Küche arbeitete, spielten sie und er, im Wohnzimmer. Ich ging an ihnen vorbei, um auf die Terrasse zu gehen, ignorierte ihre Spielereien.

Er aber beobachtete mich auf dem Weg, ich fühlte seinen Blick, als ich wieder in der Küche war, kam er. Er fragte mich: „Wie fühlst du dich, wenn du uns dabei siehst?", ich entgegnete ihm, dass es mir egal sei. Ich gönnte ihr den Spaß, denn sie liebte ihn und mir war wichtig, dass sie glücklich war, egal mit wem, Hauptsache glücklich und zufrieden.

Nachts schliefen wir in seinem Ehebett und ich sah, dass er nicht alleine schlief. Der Schmuck seiner Frau lag auf dem Beistelltisch, im Bad waren ihre Schminke-Utensilien. Ich machte mir Gedanken um sie, vielleicht wusste sie nichts von ihrem Abkommen und nur er wusste es, sein Abkommen.

Männer erzählen viel um, das zu bekommen was sie wollen. Er wollte Spaß, ohne Rücksicht auf Verluste, alles behalten und noch mehr bekommen und nichts geben. Nachts ein Lebemann, der durch die Swingerclubs geht und tagsüber ein Geschäftsmann, dem seine treue Gattin wohlwollend zur Seite steht und sich um ihn kümmert, unwissend der gegebenen Tatsachen.

Am nächsten Morgen tranken wir eine Tasse Kaffee und brachen nach Hause auf. Ja, nach Hause, wo uns der Alltag erschlägt und die Probleme, die Kinder, wir unsern Tribut zollen und wir uns überfordert fühlen, unser Leben hassen, Kinder , Küche, Kirche.

Wir streben nach Freiheit, spielen um zu gewinnen, ich jedenfalls. Ich möchte sorglos Leben, reich und unabhängig sein. Und am liebsten einen verständigen Partner haben, der mich liebt und versteht wenn, das überhaupt möglich ist. Den Kindern was bieten ohne jedes Mal auf den Euro zu schauen. Ich wusste, er war nicht der richtige Mann dafür. Er wollte alles so erhalten wie es war und das Leben frivol beschreiten.

Wir trafen uns dann ab und zu mit ihm. Im Swingerclub, in der Nähe von Hannover, oder in Hamburg und er organisierte alles, die Anmeldung in Clubs und alles weitere, oder wir verabredeten uns bei ihm in seiner Zweitwohnung in Hamburg.

Wir trafen uns auch in Hannover, dort mietete er eine Wohnung und lud uns ein. Wir bestachen die Kinder mit Süßigkeiten und Geld und dann fuhren wir los zu ihm nach Hannover. Wir fanden die Wohnung schnell in Hannover, obwohl wir dreimal dran vorbei gefahren waren und er war auch noch nicht da. Ich musste einen Parkplatz finden und das Unterfangen gestaltete sich so ähnlich wie in Hamburg, man braucht sehr viel Kleingeld. Ich suchte einen Parkplatz und irgendwo fand ich einen, zwei Straßen weiter. Ich hatte sehr hohe High Heels an, er wollte dies so und ich hatte einige Schwierigkeiten, zu der Wohnung zu laufen und schickte Olga vor. Mittlerweile war er auch schon angekommen und hatte die Schlüssel von der Wohnung geholt und dann kam Olga um die Ecke und er freute sich wie verrückt.

Sie lief ihm mit erhobenen Armen entgegen und ich wurde dann auch geholt, ich begrüßte ihn auch freundlich und dann gingen wir in die Wohnung. Wir holten nach Wohnungsbesichtigung, unsere Kaffeemaschine und noch den Proviant, den wir für das Frühstück mit gebracht hatten, Melone, Schinken, Wurst usw., wir kommen nicht gerne, „Ohne etwas" und verpflegen uns und unsere Liebhaber gerne. Als wir in der Wohnung waren trug er uns beide auf das Bett, er konnte gar nicht genug von uns bekommen. Wir spielten mit, wie immer halt, eine wurde von ihm genommen und die andere tat was noch übrig war.

Vielleicht erregt das viele Männer, zwei Frauen im Bett zu haben, aber wir fanden es nach einiger Zeit wirklich langweilig, weil er immer einer mehr gab, als der anderen.

Das leidige Problem war auch, dass er nur einmal kommen konnte und dann nicht mehr. Wir beendeten das Spiel als wir genug hatten und wir wollten noch ausgehen in den Swingerclub in der Nähe von Hannover. Nachdem wir uns geduscht und uns fertig angezogen hatten, fuhren wir los zum Club.

Es war noch nicht zu spät, vielleicht ein bisschen und er hatte uns angemeldet. Er klingelte und sie ließen uns schmunzelnd ein. Ja, man kannte uns, der Mann, der immer zwei Frauen dabei hatte. Das Publikum machte sich immer Gedanken um uns, sie konnten uns nicht einordnen, was sind sie Freundinnen oder Huren?

Olga und ich lachten über die Kommentare die man hinter unserem Rücken sprach aber deutlich zu hören waren. Zuerst rauchten wir eine Zigarette, im Raucherbereich, bei einem Glas Sekt und dann gingen wir wie immer erst mal was essen. Es wurde mal wieder hervorragend aufgetischt, Kaviar und Meeresfrüchte, Forelle geräuchert und warme Speisen, Rinderbraten und Bratkartoffeln und Kroketten, Salate aller Art und natürlich

Desserts, Quarkspeise mit Mandeln und Früchte.

Die Anwesenden Gäste beäugten uns und es wurde auch Kontakt gesucht, vielleicht hat man ja eine Chance, die eine Frau ab zu bekommen, oder zu einer Privatparty eingeladen zu werden, man wusste ja nicht wer wir waren. Man pflegte immer gute Kontakte und wollte auch immer dabei sein. Die Stars kennen, die was besonders hatten und man wollte auch als Außenstehender dabei sein. Wir gingen nach dem Essen raus in den Außenbereich und setzen uns um die Atmosphäre zu genießen und wir küssten ihn abwechselnd. Eine Frau links und eine Frau rechts am Arm.

Den anwesenden Männern war das Suspekt und sie beobachteten uns, wie wir voller Hingabe uns um ihn kümmerten. Im Außenbereich stand ein großes Bett und eine Sauna nannte der Außenbereich auch sein eigen, nebst Schwimmbecken, dass wir nicht benutzten, weil wir da doch bedenken hatten, dass da jemand sich nicht benommen hatte man konnte sich in dieser Hinsicht nicht wirklich sicher sein.

Er führte uns zum Bett im Garten unter den Blicken der anwesenden Gäste und schmiss mich auf das Bett. Olga wurde auch dazu gebeten. Die anwesenden Männer umringten bald das Geschehen und ab und zu spürte man eine fremde Hand an seinen Schenkeln, die ich aber abwies.

Er nahm mich von ohne Vorwarnung und ich schrie leicht auf, aber er bestand darauf. Er sagte immer, er könnte Schmerz in Geilheit umwandeln und dass, er Gleiche bei mir vermutete. Auch wollte er mich binden, an ein Kreuz, nicht Olga sondern nur mich, weil ich anders nach seiner Meinung war.

Machtspiele ausüben damit ich an meine Grenzen komme, so drückte er sich aus. Er wollte Macht über mich haben, weil er nicht wusste, wie ich empfand und es auch nicht zeigte.

Bei Olga was alles ganz einfach für ihn, sie liebte ihn und jenes wusste er, aber bei mir wusste er gar nichts und er befahl mir immer, rede mit mir, was ich nie tat. Er sagte, Olga wäre ja ganz lieb, aber du bist berechnend und würdest mir vor das Knie treten und das gefiel ihm. Er konnte es auch immer nicht realisieren, dass wir zwei vollkommene unterschiedliche Charaktere aufwiesen, sie war lieb und freundlich und sanft in jeder Art und Weise und ich war der Teufel höchst persönlich, der schwieg und seine Gedanken und Träume nicht mitteilte. Er sagte oft zu Olga, sie ist gewaltig im Bett, sie ist anders, sie kann man nicht haben und nicht besitzen und dass, was man nicht bekommt, dass will man dann noch mehr, als alles andere haben und das war ein Geschenk für ihn. Er wusste, dass ich ihm nicht treu war und noch andere Beziehungen pflegte und das ärgerte ihn immens. Er wollte der einzige sein den ich liebte und er gestattete mir auch meine Abenteuer aber er wollte der einzige sein, dem mein Herz gehört, denn dann war er was ganz besonderes und er fühlte sich damit angenommen und frei. Aber die Abstände wurden immer größer und Unzufriedenheit machte sich bei uns breit. Wir wollten ihn nicht mehr bedienen und uns ihm unterordnen, er langweilte uns. Sein Gerede erschien uns gekünstelt. Und wir wollten ihn betrügen, soweit man das sagen kann, bei einem verheirateten Mann.

Somit mussten wir uns anmelden, in diesen Portalen, weil er

es ja nicht machen konnte und nicht wissen sollte und das war echt anstrengend. Zuerst muss man sich einen Alias-Name ausdenken. Man bekommt Vorschläge, wenn man irgendeine Idee hat. Rapunzel...Schneewittchen...einen Namen und eine Zahl, schwirrt einem im Kopf herum...! Und danach, mussten wir unser Profil anlegen. Dazu gehört eine Personenbeschreibung, Alter, Haarfarbe, Größe, Geschlecht, Gewicht usw., und dann kommt das Schwierigste - die Vorlieben, ja...sexuellen Vorlieben. Ich hatte noch nie über meine Vorlieben beim Sex nachgedacht und viele Begriffe musste ich erst Googeln, das Internet lebe hoch...!

Da wurde gefragt, ...Das mag ich: „Hmmm... Was mag ich denn?".

Das mag ich nicht: „ Also Analsex und Natursekt und Körperbehaarung und was mag ich noch nicht... ja schwer, da wird einem erst mal klar, man hat keine Ahnung, was überhaupt Sache ist. Was ist denn Natursekt?".

Da hat man Abitur gemacht und studiert und Staatsexamen und geheiratet und Kinder bekommen und man weiß nichts über Sex.

Kein Wunder, dass die Ehe nicht gehalten hat. Schande!!!

Swinger: Ja/Nein

Dominant/ Devot: Ja/Nein/Keines von beiden

Partnertausch: Ja/Nein

Vorlieben: „ Augen verbinden, Blowjob, Cunnilingus, Dessous, Dirty Talk, High Heels usw. komisch...komisch...sehr komisch. Wer braucht das, wer will das wissen?".

Und der aller schwierigste Teil, der ganzen Angelegenheit, man soll sich selbst Beschreiben. Wer kann das schon? Man macht sich doch keine Gedanken, um sich selbst, kann man das bei zwei Kindern, Haushalt, Arbeit und Ehemann, der sich in südlichen Gefilden aufhält und sich einen Scheißdreck kümmert. Ich war immer allein mit den Kindern, habe sie alleine Eingeschult, allein auf dem Elternabenden, allein auf Geburtstagen und Festen, allein im Ehebett, mit den Kindern, ja... allein und einsam. Niemand hat gefragt - nicht einer...

Pflichterfüllung und Aufopferung, bis du resignierst, alles für die Kinder. Die Leute dachten schon ich hätte mir meinen Ehemann nur ausgedacht. Und spekulierten, der betrügt sie bestimmt und trugen es zu mir. Da steht man da, wie ein Ochse vorm Scheunentor und keiner macht auf. Aber, dass wissen die Experten, dass niemand sich selbst gut beschreiben kann. Sie geben Stichworte vor wie zu Beispiel: „

Neugierig, Elegant, Sportlich, Ungezwungen, Kreativ...usw.", und man soll, 15 vorgegebene Begriffe anklicken. Dann klickt man 15 Begriffe an, oder weniger,...mehr geht nicht und dann schreiben die, dir einen Text, wie du bist, wie praktisch(!) und du übernimmst ihn, vorausgesetzt, du kannst irgendwie, dich damit identifizieren und der Text ist nicht ganz abwegig.

Ich wählte zuerst einen Text aus dem 15 Worte System, aber der Text gefiel mir nicht und somit machte ich meiner Seele Luft, was ich wollte und was nicht, aber dann schrieb ich:

„Ich bin ein fantasievoller und anspruchsvoller Mensch. Ich halte mich durchaus für intelligent.
Ich bin sehr diskussionsfreudig und unternehmungslustig. Ich würde mich schon als attraktiv bezeichnen.

Bei Dingen, die mich interessieren, bin ich sehr experimentierfreudig.

Ich suche hier einen Partner nicht für eine Nacht sondern für eine Dauerfreundschaft Plus......

Vielen Dank dafür, dass ich keine Bilder von Männern mit heruntergelassenen Hosen erhalte. Ihr habt meinen Profiltext verstanden und Ihr geht folgerichtig davon aus, dass mir, nicht zuletzt wegen der Altersangabe auf meinem Profil, die männliche Anatomie durchaus geläufig sein dürfte!

Außerdem mag ich Menschen nicht, die sich sofort allem und Jedem in jeglicher Hinsicht (physisch und psychisch) ungefragt offenbaren! Die Geheimnisse eines Menschen nach und nach zu erforschen ist doch viel reizvoller!

Ich bin eine Alleinreisende, eine Individualistin. Ich stehe liebend oben und schaue zu, moderiere, helfe wenn nötig...muss nicht zu irgendeinem Rudel dazugehören. Dafür bin ich FREI! Und will es bleiben!!!

Wir leben in einer Gesellschaft, in der
wir unseren Anteil leisten müssen aber
trotz der vielen Beschäftigung sollten
wir daran denken, dass dieses Leben
kurz ist und wir die Zeit nutzen sollten
für Dinge im Leben , die unser Leben
lebenswert machen, wie z.B. gutes
Essen, Reisen, guter Sex, Nähe,
Freundschaft...
Nur nach Sex Kontakten zu suchen, wäre
für mich zu farblos...denn hier gibt es
viel Mehr: eine Art
Gemischtwarenladen, einen Basar, bunt
und vielfältig...tolle Events,
Mitgliedschaften, Gemeinschaften,
Tipps, Rezepte..und eine ganze Reihe
von Menschen, die es sich
kennenzulernen lohnt".

Somit hatte ich meinen
Profiltext, aber da fehlte noch was,
das wichtigste überhaupt, ein Bild
von mir. Da überlegst du, ein Bild:
„.....Hmmmm....Hmmmm...", und
fragst dich, was die anderen
Mitglieder diesbezüglich, denn so zu

131

bieten haben und ob es überhaupt ratsam ist, wenn dich andere erkennen.

Und da schaust du,...frivole Bilder,...hängende Brüste und Popos,... oh weia!!!. Und die Männer, entweder gar kein Bild, oder nur der Körper ist rudimentär vorhanden, wenn man Glück hat. Wenn man Pech hat, sieht man nur die Genitalien des Herren, wer will, dass sehen, ich nicht...!!!
„Bääähhhh",...und die schicken einem ihren Penis unverfroren und meinen, Frau braucht das...!

Man(n) ich bin 47 Jahre alt, ich kenne mich mit der Anatomie eines Mannes aus..., das will ich mal klar und deutlich sagen und männliche Genitalien zu sehen, mag ich auch nicht!

Somit hatte man sich dem Regelwerk untergeordnet und war dabei. Man hatte erfolgreich das Portal beschritten und besiegt, glaubte man wenigstens und hatte den Zugang, sich selbst bei einem Swingerclub anzumelden, aber was die Betreiber des Portals, einem erst mal nicht sagen ist, dass es alle sehen, wo du bist, auf welcher Party und in welchem Swingerclub.

Du bist zwar verdeckt weil man, oder du einen Alias-Namen gewählt hat, aber deine Liebhaber wissen jetzt genau, wo du dich herum treibst, was manchmal zu Schwierigkeiten führen kann. Aber man lernt alles sehr schnell, dass man dem Liebhaber nicht den Namen verrät oder inkognito in den Swingerclub geht. Somit ist das Problem gelöst. Und dann musst du nach erfolgreicher Anmeldung, nur noch auf eine E-Mail warten dass alles, zur vollsten Zufriedenheit ausgefüllt ist und dein Profil geprüft und zugelassen wird.

Dann ist es soweit, du kannst dich zur Swingerparty anmelden, allein, als Pärchen oder zu dritt. Da hast du die Wahl. Als Frau ist das dann kein Problem, wenn du dich nicht alleine in den Swingerclub traust. Dann schreibst du einfach in die Anmeldung, dass du eine Begleitung suchst, Scharen von Männern, jedem Alters, werden sich melden. Du brauchst nur zu wählen welcher es sein soll,...ganz einfach. Wenn ich das früher gewusst hätte, dass man Gleichgesinnte, so schnell finden kann. wenn man nur, das richtige Portal findet. Wir meldeten uns zu Partys nun allein im Club an ohne eine Begleitung zu suchen. Jedenfalls besuchten wir jetzt alleine die Partys und ließen den Hamburger rechts liegen aber wir hatten dennoch Kontakt zu ihm. Er bot uns ab und zu Mal seine Wohnung in Hamburg an damit wir dort Urlaub machen konnten. Und nun hatte ich einen neuen Mann getroffen in Hamburg, der mich

nachts zu einem Hotel brachte. Ich
erwartete nichts Besonderes denn
ich dachte er wäre so wie alle
Männer die ich kannte. Ja,...glücklich
verheiratet und sucht eine Affäre.

Kapitel 5

Ich saß in meinem Auto und wollte eigentlich nach Hause, aber er ging mir nicht mehr aus dem Kopf und so schrieb ich ihn an und sagte: „Ich fahre gleich nach Hause, wenn Sie mich noch sehen wollen, ich stehe auf dem Parkplatz hinter dem Haus, ihre Frau kann Sie da auch nicht sehen". Und dann kam er angelaufen und setzte sich zu mir in das Auto. Er redete sehr viel und ich küsste ihn einfach, Sache beschlossen.

Ich war seine erste Geliebte und er hatte wenige Erfahrungen diesbezüglich. Er suchte verzweifelt nach einem Hotel für mich. Das wollte er dann auch gleich bezahlen, um mir keine Umstände zu machen. Ich musste ja 366 km fahren, bis nach Hamburg und er wohnte dort und kannte die Stadt.

Wir schrieben uns per Chat im Handy und er war sehr angespannt. Das erste Mal seine Frau betrügen, das erste Mal wieder nach 20 Jahren Ehe, eine andere in den Armen, sie küssen, liebkosen und festhalten, endlich mal wieder Sex haben. Ja ich hatte ihn geküsst im Auto aber, dass war ja nur ein Kuss. Sein Sexleben mit seiner Ehefrau, belief sich auf 3-mal im Jahr. Sie wollte nicht mit ihm schlafen. Sie verstanden sich gut und waren eine Vorzeigefamilie. Nur im Ehebett, war das gute Verstehen am Ende. Er musste immer ein Kondom benutzen weil sie die Pille nicht vertrug. Sie langweilte sich, vertrieb sich die Zeit mit einkaufen im Chat. Sie bekam Depressionen, nahm Medikamente.

Einen Monat bevor wir uns trafen wollten sie miteinander schlafen, aber er konnte nicht weil er es nicht mehr ertrug. Er hatte keinen Spaß und sie auch nicht. Er sagte zu mir er würde nicht mehr mit ihr schlafen, weil sie es nur langweilte und keiner daran Spaß hätte. Und außerdem glaubte sie, er wäre langsam impotent, was ihr eigentlich zusagte, dann müsste sie nicht mehr mit ihm kämpfen und sein Gebettele um Sex ertragen. Er war ja nicht mehr der Jüngste und irgendwann kann ein Mann nicht mehr. Das war ihr recht, als er einmal einen Film über Penisimplantate anschaute meinte sie: „Das bitte nicht, dass brauchen wir nicht".

Er fühlte sich unbeachtet, er hatte diesbezüglich Träume, wie jeder Mann. Träume von Nähe und nackter Haut, eine Frau, die ihn ritt bis er um Gnade flehte. Eine Frau die ihn oral befriedigte, ihm einen bläst bis er stöhnend kam. Aber seine Frau hielt ihn wie einen Gefangenen. Er durfte nichts und dafür machte sie ihm auch noch ein schlechtes Gewissen. Was sollte er den tun?

Ich bekam oft Nachrichten von ihm, wir unterhielten uns und endlich hatte er ein Hotel gefunden. Es war Ende Mai als ich zu ihm nach Hamburg fuhr. Zu einem Mann, den ich nicht kannte der mir in der Not half, aber trotzdem fremd war.

Ich brauchte ein Alibi für meine Kinder, „einen Termin" und meine Freundin, als Hilfe zur Kinderbetreuung. Dann fuhr ich los nach Hamburg und normalerweise fuhr ich nachts so gegen 03.00 Uhr, da waren die Straßen leer, aber jetzt fuhr ich zum ersten Mal morgens, nie wieder mach ich das,...Stau auf der Autobahn, Ferienanfang und Elbbrücke gesperrt. Ich brauchte 5 Stunden und kam total durchgeschwitzt und dehydriert an der Alster an. Er wartete auf mich und empfing mich sehnsuchtsvoll mit einem unglaublichen Lächeln. Ich stieg aus meinem Auto und er kam mir lächelnd entgegen und diesen Augenblick werde ich nie vergessen. Er nahm mich in den Arm, umarmte mich fest und sprach: „Jetzt muss ich erst mal Erstversorgung machen, du brauchst Wasser und was zu essen".

Da fühlte ich mich so wohl, so beschützt, wie ich es noch nie bei einem Mann gefühlt hatte. Ja,...da verliebte ich mich in ihn, in diesem Augenblick. Er kümmerte sich rührend um mich. Er holte mir eine Flasche Wasser aus seinem Auto und versorgte mich.

Wir suchten einen Parkplatz für mich, wo ich stehen konnte ohne Parkgebühren zu zahlen und dann stieg ich in sein Auto ein und wir fuhren nicht weit zu der Alsterperle, man kann dort für 0,50 Cent auf die Toilette gehen, was Trinken und bei Bedarf etwas Essen, die Auswahl ist vielfältig. Brötchen mit Wurst, Käse und Schinken. Auch für den

Vegetarischen Genuss war etwas dabei, Brötchen mit Ei und auch mit Lachs. Weiterhin gab es süße Backwaren mit Mohn und Quark gefüllt. Er bat mich etwas zu nehmen, aber ich lehnte ab, denn ich war nicht hungrig. Er kümmerte sich, aber ich wollte nur etwas trinken.

Wenn man sich entschieden hatte, so wie wir, einen grünen Tee zu trinken, gab es nette Sitzgelegenheiten, die der Alster zugewandt waren. Wir saßen da, tranken grünen Tee, an der Alster und die Enten schnatterten vor sich hin. Schwäne zogen majestätisch ihre Bahnen und meine Gedanken schweiften in die Ferne.

Wir saßen und redeten und ich fühlte, er war aufgeregt, sehr aufgeregt. Gestaltete das Hoteldrama in verschiedenen Farben und nachdem er mir alles berichtet hatte und der Tee alle war, fuhren wir zum Hotel. Er hatte alle möglichen Hotels besucht, um ein Zimmer für mich zu bekommen, denn er konnte ja nicht online buchen, dass hätte seine Frau gesehen und dieses Hotel hatte, zu seinem erbarmen, noch ein Zimmer frei.

Das Hotel lag auch direkt an der Alster, ein angenehmes Hotel, freundlicher Service. Ich checkte ein und wir suchten das Zimmer. Es war heiß und ich dachte im Zimmer wäre es angenehmer, war es aber nicht, denn das Hotel hatte keine Klimaanlage. Wir fanden das Zimmer und wir gingen hinein. Die Hitze in diesem Sommer fand keine Gnade. Er küsste mich leidenschaftlich, setze mich auf das Bett, er wusste was er wollte. Er wollte mir zeigen was er kann aber die Hitze machte ihm und mir sehr zu schaffen. Und ich nahm ihn auf und nachdem er kurz mit mir spielte hörte er auf und sagte: „Jetzt erst mal duschen und weißt du, dass du dich anfühlst wie eine Jungfrau...". Ich sagte: „Nein, ich weiß nicht wie ich mich für einen Mann anfühle". Ich duschte mich und er kam dazu, denn die Hitze nahm uns jede Kraft. Ich seifte ihn ein und als er fertig war, ging er raus und lief durch das Zimmer und fragte: „Bist du sauber?", ich verstand ihn nicht, ich musste erst überlegen.

Ich fragte: „Meinst du Geschlechtskrankheiten?". Er erwiderte: „Ja". Ich überlegte und dachte mir, wieso fragt er nicht vorher, bevor er in mich geht, ohne Kondom, ob ich Geschlechtskrankheiten habe. Ich hätte ja auch sagen können: „ Ja... ich habe welche!".

Er war unsicher, kannte mich nicht, wusste nichts über mich, aber ich hatte keine Geschlechtskrankheiten und wollte auch keine bekommen.

Es war heiß im Zimmer und auch das geöffnete Fenster brachte nichts. Hamburg glühte vor sich hin und wir erst. Er verabschiedete sich nachdem wir noch etwas gespielt hatten, seine Frau forderte ihren Tribut. Er war aufgeregt und er war schon zu spät. Normalerweise wäre er schon zu Hause und seine Frau wartete auf ihn. Er war in Eile und verabschiedete sich zufrieden, aber entschuldigend. Er versprach am nächsten Morgen zu kommen, ganz früh. Es war später Nachmittag, als er ging und ich zog mich an und erkundete die Umgebung. Ich ging an der Alster entlang, betrachtete die kleinen Schiffe und Boote die ihre Runden zogen. Schaute sehnsüchtig den Pärchen hinterher, weil ich war ja mal wieder allein unterwegs.

Hunde wurden freudig ausgeführt. Familien machten Picknick und ganz viele, ich glaub ganz Hamburg, joggte an der Alster, sehr sportlich. Ich fiel den sportbegeisterten Hamburgern und Hamburgerinnen auf, schwarzes Kleid, hohe Pumps, Jacke mit Pelzbesatz, blond und große Sonnenbrille. Ich sah anders aus, als das Klientel, die Hamburgerinnen. Sportbekleidung trug man hier, Jogginghose! Aber nicht nur hier, an der Alster. In ganz Hamburg liefen die Damen mehr oder weniger leger herum. Und ich dachte immer, in Hamburg wäre die Mode zu Hause, falsch gedacht. Männer und Frauen schauten mir hinterher. Schon im Hotel beim einchecken, fragte der Concierge, spricht sie deutsch?

Ich komme ja aus einer katholischen Kleinstadt in Hessen, bei uns grüßt man sich noch, sagt jedem „Guten Tag und guten Weg", man kennt sich. Meine Großeltern hatten ein Zimmereigeschäft, seit 13 Generationen richteten wir Dächer und fertigten Gartenzäune, mein

Vater war Zimmermeister und mein Bruder natürlich auch, Zimmerer, einzige Sohn, was denn sonst. Geschäft wurde weiter gegeben, so gehört sich das. Meine Oma zog sich immer entsprechend gekleidet an. Sie ging immer mit Kostüm aus dem Haus und natürlich einen Hut. Sie war Geschäftsfrau, das wusste jeder und sie sah auch so aus, gepflegt und sie kaufte immer nur das Beste. Lieber etwas teurer und dann hast du deine Ruhe, als ständig was billiges, welches schnell kaputt geht.

Ich habe jenes auch verinnerlicht. Ich gehe immer gut angezogen meist im Businessstil unter die Menschheit, gepflegt, wie sich das gehört. Und wenn ich eine Anschaffung tätige kaufe ich lieber das Teure als den billigen Kram. Oma sei Dank! Auch er bemerkte es gleich, bei unserer ersten Begegnung, nachts vor seiner Haustür. Sie spricht anders, sieht anders aus, kann nicht von hier kommen.

Wir schrieben uns noch in der Nacht, wie sehr wir uns vermissen und er kam am nächsten Morgen. Ich hatte nicht so gut geschlafen. Ich schlafe meist sehr wenig und nachts, dachte ich an alles Mögliche, ich grübelte, wie immer. Ich stand früh auf, duschte mich und ging frühstücken, Kaffee und ein Brötchen und ein Ei, etwas Quark.

Ich bin kein großer Esser. Ich mag oft nicht essen vor allem, wenn ich Stress habe, bin ich nicht in der Lage etwas zu mir zu nehmen. Und essen finde ich im Allgemeinen zu überbewertet, aber Kaffee oder Tee hatten immer meine uneingeschränkte Aufmerksamkeit, mit einer Tasse Kaffee oder Tee kann man sich gut unterhalten und Zwiesprache führen, dass näher zu erläutern, ginge jetzt zu weit.

Er kam und schrieb mir, dass er da war und vor dem Zimmer stand und ich beendete meinen zweiten Kaffee und wandelte im stetigen Schritt zu meinem Zimmer, stieg in den Fahrstuhl und drückte die 2. Die Fahrstuhltür ging auf und da stand er, gut gelaunt, mit einem Lächeln auf den Lippen und begrüßte mich mehr als freundlich. Er fragte, wie hast du geschlafen und was hast du noch gemacht und dass, es ihm leid tat mich zu verlassen.

Wir gingen den Flur entlang zu meinem Zimmer. Ein schönes Zimmer zum Innenhof gelegen. Ich muss gestehen es ist mein Lieblingshotel. Es liegt direkt an der Alster und man muss nur die Straße überqueren und ein paar Schritte und schon ist man am Wasser. Wir gingen also in das Zimmer und er küsste mich unter der Erzählung wie sein Abend noch weiter verlief und seine Frau, ja seine Frau...

Sie schöpfte keinen Verdacht. Für ihn war es das erste Mal, seine Frau zu betrügen und für mich, ich bin geschieden, ich bin frei. Ich suche nicht und wollte auch nicht, mich binden, einen Partner haben. Ich suche noch oder suchte meine Freiheit, ich war lange genug, 19 Jahre verheiratet. Ich war der Ehe feindselig gegenübergestellt. Ich hatte Kinder und Verantwortung. Ich wollte ihnen keinen neuen Vater vor die Tür stellen, warum auch? ich kann sie gut alleine erziehen. Okay, ich gebe ja zu, mit Partner wäre es besser, man teilt sich die Verantwortung und das Geld und hätte abends noch eine Schulter und jemanden zum Kuscheln und für andere interessante Dinge.

Somit begannen meine Gedanken zu kreisen und er war ja da. Ja,... er der brave Ehemann, der alles hatte, eine liebende Frau mit der er sich verstand. Er wollte um sie kämpfen, falls sie seinen Seitensprung herausbekommen würde. Er hatte alles und was hatte er denn? eine Frau und einen guten Beruf und ein fast erwachsenes Kind und trotzdem war er bei mir, ja,...glücklich verheiratet...

Wir beanspruchten die ganze Zeit bis zum aus checken für uns. Uns lieben, uns fühlen und uns näher zu kommen. Danach war er wie im Rausch, wir gingen noch was Essen und erzählten uns alles Mögliche. Als der Abschied kam war er geistig und emotional nicht mehr bei mir. Er war irgendwie nicht mehr richtig da. Ich fühlte ihn, er war gestresst, hatte Sorge, dass er zu spät kam und sie, seine Frau, fragen würde, wo er war. Ich verabschiedete ihn und er fuhr den Weg nach Hause, erleichtert.

Ich setzte mich ins Auto und schrieb ihm noch, ich bedankte mich bei ihm und wünschte ihm: „Alles Gute! Dann machte ich mich auf den

Weg nach Hause. Ich fuhr durch Hamburg, die Elbbrücke flüsterte mir zu und ich verstand sie...

Zu Hause angekommen begrüßten mich meine Freundin und meine Kinder. Ich musste alles erzählen, natürlich nur meiner Freundin. Sie erwartete genaue Beschreibungen und hörte aufmerksam zu. Ich schwärmte von ihm, ich war begeistert und verliebt. Ich schrieb ihm, dass ich gut angekommen war und ich schrieb ihm: „Ich liebe dich". Er schrieb mir du bist verrückt und dann schrieb er auch: „Ich liebe dich". Wie konnte das nur passiere?

Wir chatteten und unterhielten uns, über Gott und die Welt und kamen uns immer, immer näher, Sex bindet. Ich war auch nicht mehr irgendeine Person sondern er nannte mich danach nur noch, „Schatz".

Ich fuhr dann wieder nach Hamburg mit meiner Freundin. Sie

hatte auch ein Date mit irgendeinem dem sie im Chat kennengelernt hatte. In der Nacht fuhren wir los. Ich wollte nicht nochmals im Stau stehen ist zwar irgendwie lustig, aber nervt. Wir kamen gut durch und waren am frühen Morgen an der Alster. Wir warteten gemeinsam vor dem Hotel auf ihn, ein Jugendstil-Hotel, es liegt an der Alster und man kann in der Parkbucht dahinter parken, es ist zwar mühselig zu warten, aber ich stellte mein Auto immer dort ab und bin nie abgeschleppt worden. Und dann kam er, lächelnd wie immer, er füllte den Raum, ja …

Ich verabschiedete mich von meiner Freundin und bat sie mir über mein Handy zu schreiben. Die Adresse von dem Mann, mit der sie sich traf - Sicherheit geht vor -. Er und ich gingen freudestrahlend zu seinem Auto. Wir stiegen ein und er küsste mich unablässig und ich ihn, seinen Mund, seine Hand. Ich war so glücklich ihn wiederzusehen.

Ich konnte selbst nicht glauben, dass ich schon wieder da war. In Hamburg der tollsten Stadt der Welt für mich, da wo ich mich zu Hause fühlte, wo er lebte und arbeitete, er zu Hause war und ich fühlte mich bei ihm wohl, angekommen, endlich angekommen, nicht mehr suchend, nicht mehr frei, sondern verliebt in einen verheirateten Mann und es war mir egal, dass er verheiratet war. Er gehörte mir, so wie mir noch nie ein Mann gehört hatte. Und ich gehörte ihm, ich fühlte mich wie seine Ehefrau, geborgen, angenommen und beschützt.

Wenn ich in Hamburg ankam hatte er immer ein kleines Geschenk für mich, eine CD oder etwas anders. Ich verlangte es nicht, aber es machte ihm Freude mir etwas zu schenken. Er kaufte auch immer etwas für mich zu essen, Proviant,

Aufschnitt und Wurst und Mayonnaise. Eine besondere Mayonnaise, die es bei uns in Kassel nicht zu kaufen gibt. Oft kaufte er für eine ganze Fußballmannschaft ein. Er kümmerte sich rührend um mich, um mein Wohl und ich nahm es an, ich war erfreut und gerührt, dass ich in dieser Art noch nie erlebt hatte. Noch nie hatte sich ein Mann so um mich gekümmert, noch nie mich so geliebt wie er mich liebte, aus tiefster Seele und ohne Egoismus.

Wir fuhren zu der Alsterperle, die Straße hieß, zum Eduard-Rhein-Ufer und gingen für 0,50 Cent auf die Toilette und tranken grünen Tee, eine Minute ziehen lassen, das ist wichtig und nicht mehr als 3 Minuten. Das Lokal hatte Decken auf den Stühlen ausgelegt und ich nahm zwei und legte sie auf eine Bank die der Alster zugerichtet waren und wir stellten den Tee auf der Bank ab. Wir umarmten uns und der Wind war frisch, die Bäume rauschten, er fror und ich deckte ihn mit meinem Schal zu, uns beide vereint und zugedeckt.

Wir waren in unserer Welt, er und ich, wir turtelten, küssten uns, nahmen nichts war, nur uns und nichts was real existierend war kam dem gleich...

Einige beobachteten uns und sahen unserem Treiben zu. Zwei Herrschaften, die nicht mehr so ganz jung waren, im Rausch der Liebe. Man lächelte uns an beobachte uns wohlwollend. Liebe ist schön und man sah es uns an, verliebt bis in alle Ewigkeit!

Als wir mit Tee trinken fertig waren und alle Beobachter genug gesehen hatten, gingen wir zurück zu seinem Auto – Audi A7 – Dienstwagen. Wir fuhren etwas weiter zur „Schönen Aussicht" und stellten uns rechts ran. Da kann man parken ohne Parkgebühren, die Parkplätze sind auch nicht für Anwohner ausgeschildert.

Wir machten es uns dann auf der Rücksitzbank bequem. Er verhang mit seiner Jacke ein Fenster und das andere Fenster verhang ich mit meinem Schal, so waren wir, jedenfalls glaubten wir jenes, „unbeobachtet". Ja, das tut man halt, wenn man nicht gleich ins Hotelzimmer kann und Verlangen hat. Wir küssten uns gierig und ich ließ ihn gewähren, seine Finger wanderten fordernd zwischen meine Schenkel. Ich trug keinem Slip, einen Rock und halterlose Strümpfe, bereit für ihn. Ich öffnete seine Jeans und kümmerte mich um ihn und ich fragte: „Hat dir deine Frau jemals sich so um dich gekümmert?". Er sagte: „Nein hat sie noch nie". Ich fragte ihn: „Wieso nicht? das tut man doch, als Ehepaar".

Er sagte mir: „ Sie wäre seine
Ehefrau und nie daran interessiert
gewesen, ihn in dieser Weise zu
begehren". Ich war verwundert über
seine Frau und er war, so glaube ich,
dass ich so „Frank und frei", über
solche Themen sprach, auch sehr
verwundert. Er kannte keine offenen
Gespräche über Sex und die
Vorlieben, die man hatte und auch
sagen sollte, vor allem im Ehebett.
Ich setzte mich auf ihn und lies
seinen Penis zwischen meine
Schenkel gleiten und fing an, mich
im Rhythmus zu bewegen, hielt mich
an der Kopflehne fest und genoss
den Ritt, ich fühlte ihn tief in mir und
ich war in meinem Element. Er war
ekstatisch und begeistert und kam
auch mit leisem stöhnen, kaum
hörbar. Mir liefen seine Tropfen die
Schenkel herunter und er hatte
schon vorgesorgt und die Tücher in
Reichweite gelegt, dachte er
jedenfalls. Unser Unterfangen die

Tücher zu orten und gleichzeitig
darauf zu achten, dass es keine
Flecken gab, scheiterte natürlich.
Unter lautem Lachen säuberte er die
Rücksitzbank und ich begleitete ihn
mit wohlwollenden Hilfsmaßnahmen.

Wir tranken erst mal etwas
Wasser und dann entschieden wir
uns, zum Hotel zu fahren. Wir
konnten erst um 14.00 Uhr
einchecken und aus-checken musste
man spätestens um 12.00 Uhr am
nächsten Morgen. Er fuhr mich zum
Hotel und hielt in einer Parkbucht in
der mein Auto stand. Er hatte Glück
und fand schnell einen Parkplatz,
eigentlich kein leichtes Unterfangen
in Hamburg. Als er sein Auto
fachgerecht geparkt hatte ohne das
Risiko eingegangen zu sein
abgeschleppt zu werden, kam er zu
meinem Auto zurück und wie sich
das für einen Gentleman gehört, trug
er meinen Koffer, lieb ist er und so
höflich und gut erzogen.

Wir checkten ein oder eher ich. Sie kannten uns schon - uns zwei Verliebten. Danach gingen wir zu meinem Zimmer, diesmal war es dasselbe Stockwerk, aber mit der Richtung zur Straße, dem letzten Zimmer meiner Reise davor gegenüberliegend.

Wir kamen in das Hotelzimmer und legten unsere Sachen ab. Und dann küssten wir uns und zogen uns gegenseitig aus. Meine halterlosen Strümpfe ließen wir an und auch mein Korsage, das ich extra für ihn angezogen hatte, jedenfalls erstmals. Wir setzen uns aufs Bett und küssten uns leidenschaftlich und begierig. Seine Finger wanderten fordernd zwischen meine Schenkel. Er hatte eine Idee und wollte uns dabei mit dem Handy filmen damit wir unser Zusammentreffen nicht vergaßen.

Ich stimmte zu und er filmte wie wir uns sinnlich verführten. Das

Video schickte er mir im Chat und ich muss gestehen, ich sehe es mir oft an, vor allem wenn ich Sehnsucht nach ihm habe. Wir liebten uns noch mehrere Male, gierig vor Verlangen und dann war es wieder Zeit sich zu verabschieden. Ja..., Frau ruft und das Drama der Erklärungen, warum bist du zu spät?

Er verabschiedete sich wie immer entschuldigend und mit tiefen Seufzern, Erklärungen, wieso und wenn es anders wäre und ich konnte mich, gar nicht an den Gedanken gewöhnen und wollte es auch nicht, dass er ging und mich allein lies. Ich war zwar müde und fix und fertig, aber bei ihm spürte ich nichts von meiner Müdigkeit, er brachte mir tiefe innere Ruhe und er wusste es nicht.

Sie mussten zu einer Party, hatten sich verabredet und er lies mich allein. Ich schrieb ihm noch im Chat und bedankte mich für alles. Und dann fiel mir wieder meine

Freundin ein, wo war sie, wie ging es ihr, hat sie mir die Adresse von ihrer Bekanntschaft geschrieben?

Nein hatte sie natürlich nicht, erst spät abends bekam ich eine Nachricht von ihr, dass es ihr gut ging. Gott sei Dank, war sie in Sicherheit. Ich zog mich an und verließ das Hotel und schlenderte zur Alster, die nur eine Straßenüberquerung entfernt war. Ich hatte Hunger und wollte was essen. Ich lief mit meinen hohen Pumps an der Alster entlang und überquerte die Kennedybrücke und dann ging ich zum Jungfernstieg und setzte mit in ein Café. Ich bestellte mir ein Glas Sekt und einen Espresso und schrieb ihm, dass ich da saß, allein und meine Gedanken bei ihm wären. Ich wäre liebend gerne sie gewesen - seine Frau - und wäre mit ihm auf die Party gegangen, aber es ist das Los der

Geliebten, alleine zu sein, wenn er seine Frau ausführt.

Am nächsten Morgen wachte ich früh auf und duschte mich heiß. Ich ging zum Frühstück, um etwas Kaffee zu trinken, um wieder Leben in mir zu haben. Kaffee tut mir am Morgen gut, ich brauch nicht unbedingt was zu essen, aber Kaffee trinke ich liebend gern.

Als ich bei, Frühstück saß und so über mein Leben nachdachte bekam ich eine Nachricht von ihm, dass er auf dem Weg sei, 15 Minuten dann wäre er da. Ich trank meinen Kaffee schnell und aß das Brötchen und den Quark, den ich mir geholt hatte sehr beeilend und dann war er schon da. Er kam in den Frühstücksraum und lächelte mich strahlend an. Ich bat ihn sich hinzusetzen, aber er verneinte, weil er schon gefrühstückt hatte. Ja,... zu Hause mit seiner Frau, ja... glücklich verheiratet. Wir gingen Richtung Hotelzimmer durch

die Besucher-Lounge, den Flur
entlang der eigentlich ein Übergang
zu einem weiteren Gebäude war.
Man konnte auch zum Innenhof
durch eine Glastür gehen. Man hatte
seitlich eine kleine Gaststätte dort
konnte der Gast auch extern Speisen
bestellen.

Es standen Stühle und
Sonnenschirme draußen auf der
Terrasse, die einen einluden sich zu
setzen und die Sonne zu genießen.
Es war schon Juni und bald war Juli,
da hatte ich Geburtstag. Ich freute
mich nicht besonders drauf, wer will
schon 47 Jahre werden. Ich überging
regelmäßig meine Geburtstage. Wir
gingen den Flur entlang und stiegen
in den Aufzug, etwas eng und
schmal, der Aufzug aber auch
irgendwie angenehm. Wir erreichten
das Hotelzimmer und wir unterhielten
uns die ganze Zeit, waren begeistert
voneinander, wir waren verliebt, er
im mich und ich in ihn. Er bemerkte,

dass er Muskelkater in den Beinen hatte vom Spielen mit mir und ich muss auch gestehen, meine Leisten fühlten sich nicht gerade wie neu an.

Als wir in das Hotelzimmer gingen berichtete er mir von seinem Abend mit seiner Frau und dass, er lieber bei mir gewesen wäre und nicht auf einen langweiligen Abend mit ihr. Er erzählte mir, dass er ein schlechtes Gewissen hatte, mich allein gelassen zu haben. Er sagte, dass er zerrissen gewesen wäre, auf der einen Seite musste er mit seiner Frau ausgehen, weil es schon lange geplant war, aber auf der anderen Seite, wollte er lieber bei mir sein. Ich verstand ihn - Schicksal eines verheirateten Mannes, der eine Geliebte hatte. Wir küssten uns leidenschaftlich und unterhielten uns und küssten uns gierig weiter. Wir zogen uns gegenseitig aus und liebten uns leidenschaftlich. Als wir das Hotelzimmer verließen, standen wir vor dem Aufzug und er fuhr 3 mal an uns vorbei, wir hatten es nicht bemerkt, weil wir uns nur sahen, uns unterhielten und küssten, wir waren im Traumland der Befriedigung angelangt. Ich hätte auf jede Wolke und an jedem Baum seinen Namen, Nein... unsere Namen schreiben können, so verliebt war ich in ihn.

Wir wunderten uns nur weil er nicht kam, der Aufzug. Um 12.00 Uhr mussten wir aus checken und das tat ich auch mit schwerem Herzen. Ich wusste ich muss wieder nach Hause. Wir verstauten mein Gepäck in meinem Auto, aber er musste ja noch nicht nach Hause, wir hatten noch ein paar Stunden und die nutzen wir ausgiebig.

Er fuhr zum Hafen und wir suchten einen Parkplatz. Wir fanden einen und unterhielten uns, er sagte er wäre wie im Rausch - 20 cm über der Erde - und das hatte ich schon bemerkt und mir ging es auch nicht anders. Aber er erzählte mir auch von seiner Frau, dass sie toll singen kann und er spielte mir etwas von seinem Handy vor von ihr, was er bei einem Fest aufgenommen hatte. Sie hatte wirklich eine tolle Stimme, aber nicht ausgebildet. Ich war erstaunt wie toll sie sang. Ihm liefen die Tränen, so ergriffen war er von ihrem Gesang. Er bemerkte er würde um sie kämpfen, wenn sie es jemals herausbekommen würde. Er meinte sie würde ihn bestimmt rausschmeißen, ihm den Koffer vor die Tür stellen. Ich erwiderte ihm, dass sie jenes vielleicht machen würde, aber ihn auch bestimmt zurücknimmt nach angemessener Zeit. Es ist ihre Pflicht ihn zu erziehen und ihn zu maßregeln. Sie muss ihn etwas bestrafen, so wie jede Frau ihren Ehemann, wenn er etwas angestellt hat. Aber irgendwann verzeiht sie ihm. Sie waren nicht umsonst 20 Jahre verheiratet. Und wie würde sie denn sonst dastehen. Geschieden oder getrenntlebend als Frau das würden ihre Eltern nicht dulden.

Ich war etwas gekränkt, nicht dass ich etwas anderes erwartet hatte, aber irgendwie war ich neidisch auf sie so einen Ehemann zu haben.

Wir waren also am Hafen und nach dem Gespräch stiegen wir dann aus dem Auto aus und gingen in Richtung des Fischkiosks. Wir wollten die Fischbrötchen verkosten, denn er pries die Fischbrötchen dort am Hafen an, als hätte er sie selber belegt. Er ging zum Stand und bestellte zwei Matjesbrötchen und zwei Cola mit Strohhalmen. Wir setzen uns an die langen Tische neben dem Kiosk und tranken die Cola und ich aß das beste Fischbrötchen meines Lebens und er hatte recht, wie immer, köstliche Fischbrötchen am Hafen. Beim

Essen und Verkosten der Fischbrötchen bat er mich ihn nicht zu umarmen und zu küssen, weil man ja nie, weiß wer herumläuft. Du kannst ja auf dem Tafelberg stehen und schaust nach unten und wen siehst du, deinen Nachbarn und das wünscht man sich ja gerade nicht unbedingt.

Er sagte, es gibt bestimmte Punkte in Hamburg, wo man hundertprozentig sicher sein könnte einen Nachbarn zu treffen oder noch schlimmer einen Arbeitskollege von ihr, Katastrophe wäre vorprogrammiert und er malte sich schon das Szenario aus. Seine Kleidung in den Koffer gepackt und vor die Tür gestellt. Also küsste ich ihn nicht in der Öffentlichkeit und versuchte ihn auch nicht zu umarmen oder seine Hand zu fassen. Es fiel mir sehr schwer und ihm auch, aber es musste sein. Wir wollten noch den alten Elbtunnel besichtigen und der Eingang dazu war nicht weit von dem Fischstand. Wir gingen in das Gebäude und ich schaute mich um. Ich liebe Sehenswürdigkeiten. Ich möchte alles mit meinen Augen aufsaugen in meinem Kopf speichern, ich bin neugierig und interessiert, Kunst begeistert mich besonders und Sehenswürdigkeiten.

Ich liebe Kirchen und Bilder und Wasser, in jeder Form und Weise, ich bin ein Krebs im Sternzeichen geboren, im Juli, ich liebe das Wasser, es ist mein Element. Und Hamburg hat so viel davon. Ich lebte auf in dieser Stadt, fühle mich frei und beflügelt. Es gibt hier so viel zu sehen, den Michel, den Hafen, das portugiesische Viertel, die Philharmonie und die Innen- und Außenalster und natürlich gibt es hier ständig Konzerte und Musicals.

Also zurück zum alten Elbtunnel, wir wollten ihn besichtigen, durchlaufen von einer Elbseite zu der anderen Elbseite. Wir mussten warten, um in einen riesigen Aufzug zu steigen, wir waren nicht allein. Ein Getümmel von Menschen begleitete uns, Touristen und wir, er und ich, Verliebte. Wir stiegen in den Aufzug ein, er stand ganz nah bei mir und ich bei ihm. Wir fuhren abwärts und ich war aber brav und fasste ihn nicht an. Unten stiegen wir mit einem Pulk von Menschen aus.

Die Touristen begutachteten, liefen eilig herum beschritten die zwei Gehwege und verstopften alles, so dass man auf der Straße gehen musste unter dem alten Elbtunnel. Die Elbe rauschte über uns und ich hörte sie, das Rauschen, den ewigen Fluss beeilend dem Meer entgegen, rief sie mich. Ich hörte ihr Flüstern das sich wie ein Grollen anhörte und ich verstand sie, genauso wie ich die seufzende Elbbrücke verstand und ich war glücklich. Ungeachtet dieser

Tatsachen liefen wir beide, er und ich, okay ich gebe ja zu, manchmal ergriff ich seine Hand, durch den alten Elbtunnel. Und er lächelte und hielt mich aber auf Abstand, er hatte Respekt. Er wollte nicht erkannt werden, nicht gesehen mit seiner Geliebten oder einer fremden Frau. Er wollte seine Ehe erhalten, denn er verstand sich mit ihr, hatte viel aufgebaut, sie war sein Freund, wie er immer sagte. Vom armen Mann zum gehobenen Mittelstand, stolz war er, ja mit recht. Ich war auch stolz auf ihn, sehr stolz.

Wir liefen durch den alten Elbtunnel und ich fragte mich, was der alte Elbtunnel schon alles gesehen hatte. Menschheit, wie vergänglich bist du und der alte Elbtunnel ist noch da, noch lange. Ich fragte mich wie lange er uns sehen würde, hoffentlich lange. Wir fuhren auf der anderen Seite, nachdem wir durch den Tunnel gegangen waren, wieder mit einem Aufzug, aber diesmal hoch. Oben angekommen betrachteten wir die Elbe und er zeigte mir andeutend mit dem Zeigefinger, wo die großen Schiffe anlegten, wie sie sich drehen, wo sie rückwärts rein fuhren und Kehrtwende machten. Auch die großen Gebäude erklärte er mir. Ich fühlte mich geborgen und respektiert, er bediente alle meine Facetten und ich war ihm dankbar und meine Gefühle zu ihm wuchsen.

Nach dem wir am Hafen waren, wollten wir im portugiesischem Viertel etwas essen, eigentlich beschloss er, wir müssten was essen. Aber wir mussten das Auto um parken und suchten einen neuen Parkplatz im portugiesischen Viertel, wir suchten nicht weit von unserem Parkplatz ein Restaurant.

Aber wir hatten nicht so viel Zeit, die Zeit drängte. Die Zeit unser stetiger Feind. Er musste nach

Hause, seine Frau erwartete ihn, er wollte nicht in Erklärungsnot kommen. Ich bemerkt, dass er unruhig wurde, war im Gedanken schon nicht mehr bei mir. Ich beschloss dieses Verhältnis anzusprechen. Ich begann sanft ihn zu beruhigen und machte ihm Vorschläge, was im Notfall zu tun wäre. Ich bat ihn sein Hemd gleich in die Wäsche zu geben und es zu waschen damit er nicht nach mir roch das konnte gefährlich werden.

Er bat mich, mich in Zukunft nicht mehr so stark zu schminken, damit das Make-up nicht irgendwie auf seinem Hemd landete und seine Frau doch noch einen Grund hatte, ihm die Koffer zu packen oder schlimmer noch sein „Hab und Gut", aus dem Fenster zu werfen, wie man es aus Filmen kennt. Davor hatte er Panik, wenn sie es erfuhr und er versuchte alles um nicht aufzufallen. Wir versuchten alles, um nicht diesbezüglich aufzufallen. Bei mir war diese Tatsache nicht von Bedeutung, ich war frei, geschieden und brauchte mich weder an noch abzumelden. Ich musste nur meine Kinder bei meiner besten Freundin die den Sachverhalt kannte, unterbringen und sie mit Geld und Süßigkeiten bestechen.

Er war hingegen nervös, es war erst das dritte Mal, dass wir uns sahen. Das erste Mal nachts vor seiner Tür als mich sein Sohn mitgebracht hatte und ich dann ihm vor dem Hotel das Angebot machte: „Brauchen Sie eine Geliebte?", den nächsten Tag auf dem Parkplatz, hinter dem Haus, mein Angebot annahm und dann danach, zum ersten Mal mit ihm im Hotelzimmer.

Jetzt war es der zweite Besuch von mir, mit Hotelbesuch und er war immer noch Panisch. Die Angst einer Aufdeckung beherrschte ihn. Seine Ehefrau schwirrte ihm im Kopf herum. Wir aßen ganz schnell und dann brachte er mich zu meinem Auto und er verabschiedete sich seufzend und traurig, aber irgendwie erleichtert.

Ich schrieb ihm und bedankte mich für die schöne Zeit und die Mühe, die er sich gegeben hat. Er hatte viel auf sich genommen, um mich zu sehen, Seine Frau angelogen und Lügen hasste er. Hotelbesuch irgendwie organisiert, sich Zeit genommen. Jetzt war er fort und zu Hause bei seiner Ehefrau. Dann fiel mir meine Freundin wieder ein und ich schaute auf mein Handy, wo war sie?

Ich schrieb ihr und beorderte sie zu mir, zu dem Parkplatz, in der Parkbucht, in der Nähe des Hotels. Sie schrieb mir, sie käme gleich und ich wartete auf sie im Auto. Sie kam recht zügig, was eigentlich nicht ihre Art war und setzte mich zu mir ins Auto. Sie begann mir von ihrer

Bekanntschaft zu erzählen. Er war jung nicht mal über 35, ich glaub mich zu erinnern, dass er 32 war. Er hatte mehrere Bistros oder Cafés und wollte auch noch ein neues Café eröffnen. Sie hat ihn in irgendeinem Chat gefunden, es gibt schließlich genug Portale. Sie schrieben sich, kamen schnell zum Punkt und sie macht ihn verrückt.

Sie sagte, der Sex war toll und er hat,... „Dies und das", gemacht, na ja...ich oder wir ja auch!

Ich erzählte ihr von ihm, vom alten Elbtunnel, von leckeren Fischbrötchen und sie schaute mich an, nachdenklich und etwas traurig. Sie sagte ihr seid so toll und ich habe nur...

Wir beschlossen nach Hause zu fahren, Hamburg hinter uns zulassen. Ich schrieb ihm: „Ich verlasse jetzt schweren Herzens, Dich und Hamburg, ich komme wieder, immer wieder, Ich liebe Dich von ganzem Herzen. Es war wunderbar mit Dir und Du bist ein Traum...Ich liebe dich und vermisse dich jetzt schon...". Ich konnte mich, aber nicht wirklich von ihm trennen, denn er erfasste meine Seele und mir fiel es wirklich sehr schwer nach Hause zu fahren und Olga sagte: „Du wir besuchen ihn, es ist egal ob wir um 21.00 Uhr ankommen oder um 23.30 Uhr, die Kinder werden schlafen und uns nicht vermissen."

Und damit hatte sie recht. Die Kinder waren beschäftigt, sich zu begegnen. Sie backten zusammmen Pfannkuchen und spielten zusammen, ja...Fernsehen sahen sie auch. Wir riefen ab und zu mal an und sprachen im Chat mit ihnen, besorgte Mütter tun so was. Am Anfang als wir anfingen weg zu fahren, um uns zu entfalten, waren sie noch etwas ungehalten, ja beide Seiten.

Meine kleine Tochter rief mich manchmal 30-mal an und sendete mir 150 Nachrichten, nur um mich wahnsinnig zu machen, mit der Frage: „Warum hast du nicht mehr Kartoffeln in die Suppe gemacht? und wo sind die Mülltüten?". Sie waren aber jetzt schon groß, jedenfalls hielten sie sich dafür. Sie wollten auch nicht mehr, wie kleine Kinder behandelt werden. Aber wir taten immer so, als könnten sie sich nicht die Hose alleine zu machen und nervten sie mit unserer Fürsorge. Aber weit gefehlt, sie waren schon selbständig, bis auf den kleinen Junge, 10 Jahre, der aber, von den großen Kindern mitgezogen und erzogen wurde. Alles war ordnungsgemäß, so wie sich, dass gehört, na ja...

Somit war der Plan gefasst und wir fuhren zu ihm. Er führte immer die Hunde aus, denn er hatte drei kleine Hunde, wie schon erwähnt.

Dies war immer ein gutes Alibi für ihn, da hatte er frei und Zeit, glaubte sich unbeobachtet, jedenfalls klappte es sehr gut, um einen Grund zu finden, das Haus zu verlassen.

Er ging mit den Hunden spazieren und dann telefonierten wir, sehr ausgiebig, die Hunde brauchten Auslauf, sehr viel Auslauf! Ich schlich mich in den Keller, Wäsche waschen und er führte die Hunde aus. Wir sind alle beide fast 50 und dürfen überhaupt nichts! Als wir bei ihm waren, da sendete ich ihm auf meinem Handy, dass ich noch da war und auch noch direkt vor seiner Tür stand, na ja nicht direkt vor seiner Tür eher auf dem Parkplatz. Aber er hatte es nun nicht mehr weit und er kam vollkommen erstaunt. Meine Freundin war schon langsam erschöpft und wollte sich ausruhen.

Ich brachte ihr einen von den Schlafsäcken, die ich immer mitnahm und sie kuschelte sich rein und schloss die Augen und murmelte noch: „Macht was ihr wollt, man kann euch ja nicht voneinander fern halten!". Ich wartete und dann kam er, unter der Ansage den Papiermüll zu beseitigen und ihn fachgerecht in die Mülltonnen zu sortieren.

Er begrüßte Olga freundlich die eigentlich schon schlief und dann nahm er mich schnell mit, die Zeit war immer unser Feind. Die Tiefgarage war nicht weit entfernt, da stand sein Auto und er zog mich mit, natürlich musste ich sehr, sehr viel Abstand einhalten.

Man kannte ihn hier, alle kanten ihn und seine Frau. Es war gefährlich, sehr gefährlich, aber es war machbar. Wir gingen in die Tiefgarage zu seinem Auto, setzen uns auf die Rückbank und er küsste mich und wir liebten uns, schnell und zügig, aber voll Leidenschaft und heute muss ich noch darüber schmunzeln.

Dann verabschiedete er sich schnell, ging nach Hause zu seiner Wohnung und ich ging zurück zu meinem Auto, wo meine schlummernde Olga auf dem Beifahrersitz schlief. Er erwartete eigentlich, dass ich jetzt fuhr, aber ich tat es nicht es war schon spät und die Hunde mussten nochmals raus um ausgeführt werden. Das war das erste Mal, dass er mit mir die Hunde ausgeführt hatte und zu seinem Erstaunen hörten die Hunde besser auf mich als auf ihn, darüber ist er bis heute noch nicht hinweg gekommen. Wir gingen sehr distanziert von einander bis wir eine Ecke fanden, die nicht einsehbar war und dann küssten und umarmten wir uns und wir liebten uns im stehen.

Ich werde diese Augenblicke nie vergessen, es war wunderschön, traumhaft ihn zu verführen. Er war lange mit mir unterwegs, dann musste er gehen und er verabschiedet sich von mir, mit einem schweren Herzen und ich war den Tränen nahe. Als ich in mein Auto stieg fragte mich Olga: „Seid ihr jetzt endlich fertig, es ist ja nicht mehr zum aushalten mit euch, könnt ihr euch den gar nicht trennen?". Und ich antwortete: „Ja, jetzt fahren wir nach Hause". Ich schaltete mein Navi an und gab unsere Adresse ein - zu Hause - und die nette Stimme sagte: „Dies ist die schnellste Route".

Ich fuhr durch Hamburg und mir war zum weinen, aber Olga sprach mir zu und sagte: „Du kommst doch bald wieder und er liebt dich, mach die keine Sorgen, alles wird gut!". Die Elbbrücke sah mich und erwiderte meinen Gruß, denn ich sprach sie immer an, wenn ich sie sah, ich verabschiedete mich von Hamburg. „ AUF WIEDERSEHEN HAMBURG UND ICH KOMME WIEDER UND IMMER WIEDER, SO LANGE DU MICHLÄSST...!".

Und die Elbbrücke murmelte mir zu und ich verstand sie...

Dann fuhren wir nach Hause, wie immer, Hannover, Göttingen, Kassel. Wir waren todmüde, als wir nachts ankamen und ich schrieb ihm nur noch, dass ich gut angekommen war und ich ihn liebte. Er schrieb mir das Gleiche zurück und er war froh, dass ich die 366 km geschafft hatte. Und er schrieb mir auch: „Ich liebe Dich mein Schatz".

Kapitel 6

Unsere Beziehung wuchs langsam, aber stetig. Er schlich sich raus zum telefonieren, wegen seiner Frau und seinem Sohn und ich schlich mich in meinen Keller, oder ging raus auf die Hollywoodschaukel, wegen meiner zwei Mädchen die alles hörten. Wir schrieben uns Romane, ganze Doktorarbeiten waren dagegen nichts. Wir waren nur mit uns beschäftigt. Wir berichteten wie unser Tag war und die Nacht, redeten über die Arbeit und Kindererziehung und natürlich Sex.

Beflügelt von der Liebe zu ihm, begann ich meinen Tag. Ich schrieb ihm: „ Guten Morgen mein Schatz, hast du gut geschlafen? Ich wünsche dir einen herrlichen Tag,... Ich liebe dich von ganzem Herzen...Kuss für Dich...". Er war das erste an was ich dachte, wenn ich, nach nächtlichem unruhigem Schlaf, die Augen aufschlug und er war abends mein letzter Gedanke bevor ich die Augen schloss.

Und ich schrieb ihm im Chat: „Gute Nacht Schatz,...träume was tolles von uns, ...Ich liebe Dich".

Der Schlaf, der ab und zu an meinem Bett stand und mich in sein Reich mitnehmen wollte schüttelte verwundert den Kopf, weil ich ihn spürte und aufwachte wenn er mir schrieb. Der Schlaf schimpfte ab und zu mal, aber das Schicksal lächelte nur und sagte: „Es kommt alles so, wie es kommen muss!".

Er spürte mich ob es mir gut ging oder schlecht und das Dumme daran war auch, dass er wusste, wann ich ihn angelogen hatte.

Er war in Hamburg und ich hielt mich in der Nähe von Kassel auf und ab und zu möchte man als Frau, auch mal wieder weg gehen. Ich konnte nicht mit ihm weggehen, weil seine Frau, dass bestimmt nicht gut fände und er ja abends zu Hause sein musste. Und die Scheidung dann bestimmt schnell eingeleitet wird.

Wie sollte er dies seiner Frau erklären, ging ja gar nicht bis auf einmal, da hat er sich nachts raus geschlichen und ist 127 km in meine Richtung auf der A7 gefahren. Sie war arbeiten und hatte Nachtschicht und sein Sohn sollte schlafen, die Betonung lag auf sollte.

Ich schlich mich auch, die Nacht raus, meine Kinder waren ja schon um spätestens 20.00 Uhr im Bett, aber sein Sohn war schon 18 Jahre und dies war wirklich schwierig für ihn, er sollte mal darüber nachdenken ob sein Sohn nicht mal langsam ausziehen sollte.

Ich denke auch manchmal darüber nach auszuziehen und meine Kinder zu Hause zu lassen, ja sie sind alle beide in der Pubertät, kann man sich nicht während dieser pubertären Zeit vom Arzt Krankschreiben lassen und auf einer einsamen Insel abwarten, bis dieser Zustand vorbei war und weiterhin wird das von der Krankenkasse getragen?

Ich hatte die Vorstellung, wie er Betttücher aneinander band und sie aus dem Fenster warf. Das Szenario amüsierte mich köstlich, ich habe sehr darüber gelacht. Ich hatte den Standort ausgesucht, nah an der Autobahn, schnell runter, schnell hoch von der A7, keine Zeit verlieren und er kam nachts dorthin, natürlich vollkommen gestresst.

Ich stieg aus meinem Auto aus und wartete bei einer Fastfood kette auf ihn, ja...raten, Schleichwerbung lässt grüßen. Wenn ich heute daran denke muss ich immer noch schmunzeln. Er kam vollkommen unauffällig gekleidet mit kurzer Hose und Hauspantoffeln. Ich lachte mich kaputt und er auch. Er schilderte mir, dass sein Sohn nicht ins Bett gehen wollte und er ihn wirklich, ja wirklich sehr, dazu überreden musste sich schlafen zu legen.

Wir waren in dieser Nacht 3 Stunden zusammen und liebten uns in seinem Auto auf der Rücksitzbank, es war traumhaft. Aber er musste mich dann wieder verlassen und ich musste auch, ach ja...

Langsam kannte ich seine Familie und er kannte meine. Und er kannte auch meine Freundin. Und ich kannte auch seine Freunde. Er hatte einen älteren Freund, eigentlich schon väterlichen Freund, gut bürgerlich, den er einweihte in unsere Beziehung. Denn das musste sein, weil wenn ihm etwas passiert oder er krank geworden wäre, würde ich es nicht herausbekommen und ich würde mir Sorgen machen oder er sich.

Ich weiß gar nicht so richtig, wie man dieses seinem Freund beichtet, dass man eine Geliebte hat. Ich stellte mir so manche Szenarien vor. Jedenfalls gab er ihm meine Handynummer und damit war es getan. Nicht schwer und auch nicht leicht, aber getan. Ich stelle mir die Gedanken vor, die sein väterlicher Freund hatte. Sie kannten sich schon 15 Jahre und sie standen sich mit Rat und Tat zur Seite. Ihre Frauen verstanden sich, weil sie ähnlich strukturiert waren, logisch denkend und den Ehemann ab und zu mal abstauben.

Er musste nur da sein, nicht zum Gespräch, oder zum Lieben, nein einfach nur anwesend. Das gab der Ehefrau Sicherheit und sie bewahrte dies - der Mann hat zu Hause zu sein-. Und wenn er sich langweilte wurden ihm Aufgaben übertragen und immer gefragt, wo gehst du hin und wann kommst du wieder und wehe er hielt sich nicht dran, dann musste er anrufen um die Verspätung zu erklären, plausibel, gut erzogen hat sie ihn.

Und Vorwürfe wurden gemacht, ihm und der Welt, dabei war eigentlich er der Sklave, der von ihr abhängig war. Wenn sie nicht wollte, konnte und dürfte er nicht und er dürfte gar nichts. Er sagte einmal, ich zitiere: „Ich bin 50 Jahre und ich darf gar nichts!". Ja,...er dürfte nichts, wie alle Ehemänner.

Er war geradlinig, hasste Lügen und aß gern. Er war ein Gourmet, ja das war er wirklich und ist er immer noch. Er liebte gute Weine und Champagner, frischen Fisch, Austern und viele andere Köstlichkeiten. Er hat einen besonderen Geschmack und ich habe seltsamerweise den gleichen Geschmack.

Ich brachte ihm einmal hessischen Grünen Kuchen mit. Manche sagen auch Speck-Kuchen dazu. Ich backe, Zitat meiner Freundin: „Das ist der beste Speck-Kuchen im ganzen Universum!". Ihm schmeckte es hervorragend, so was kannte er nicht und er kannte auch keine „Ahle Wurst". Das nächste Mal bekommt er welche mitgebracht.

Kapitel 7

Die Zeit der Trennung vergeht nicht so schnell, wenn man sich liebt, das ist bei jungen Verliebten so und auch bei älteren sehr verliebten Menschen. Das Gefühl füreinander wird tiefer, heute betrachte ich ihn wie meinen Ehemann und er betrachtet mich wie seine Ehefrau. Die Entfernung ist nicht mehr so wichtig, ist zwar ein leidiges Thema zwischen uns, aber dennoch überbrückbar.

Wenn ich von Kassel-Wilhelmshöhe Hauptbahnhof nach Hamburg Hauptbahnhof fahre, dauert es nur 2.20 Stunden mit dem ICE und da fahren fast jede Stunde Züge, nach Hamburg Hauptbahnhof.

Und ich habe mir mittlerweile eine Bahncard angeschafft, zuerst hatte ich eine Probebahncard für drei Monate und dürfte sogar noch jemanden umsonst eine Mitbestellen, preiset die Bahncard und frohlockt, tolle Geschichte damit und so teuer ist sie auch nicht, das passte noch ins Budget.

Da kann man sein Ticket online buchen, man sucht sich die Verbindung heraus und bucht dann die Fahrt. Die nette Deutsche Bundesbahn sendet dann ein Ticket per Email, dass man nur noch ausdrucken muss oder man hat eine App und lädt das Ticket auf sein Handy herunter, da kann man Zeit und Stress sparen und mit der Bahncard spart man auch immens, ich bin schon für 28.50 Euro, von Kassel-Wilhelmshöhe bis Hamburg Hauptbahnhof und wieder zurück gefahren. Das war doch echt toll.

Und einmal hatte ich meine Bahncard verloren und ich suchte sie verzweifelt, bis ich auf den Gedanken kam eine neue Bahncard zu beantragen, ich hatte schon

Sorge, ich könnte nicht mit der Deutschen Bundesbahn fahren, weil ich die Bahncard verloren hatte, aber ich rief im Servicecenter an und schilderte der netten kompetenten Dame mein Problem und sie schickte mir sofort eine Email mit den Daten und einer Nummer, da konnte ich mir an jedem Schalter der Deutschen Bahn und an jedem Ort in Deutschland eine neue vorläufige Bahncard ausdrucken. Hurra!!!

Also ich bin begeistert und die neue Ersatzkarte, wird an dich verschickt, dauert nur 2 Wochen bis sie da ist und kostet nur 15 Euro also, wenn das nicht toll ist, dann weiß ich es nicht. Da sollten andere Anbieter sich mal ein Beispiel nehmen, das war wirklich eine schnelle und freundliche Abwicklung ohne Probleme, die man ja sonst immer hat und irgendwelche Anträge noch ausfüllen muss und sonst was mit der Post senden soll.

Und zu meinem Erfahrungen über ein Hotel buchen und stornieren könnte ich ganze Bücher füllen. Ich wollte mir mal ein Zimmer buchen und dann bin ich auf die entsprechende Hotelbuchseite gegangen, man kennt die ja, aber ich weiß nicht ob man sie hier nennen darf, hinterher ist es Schleichwerbung.

Jedenfalls habe ich mir ein Hotel ausgesucht, dass meinem Anspruch genügt, ich möchte nicht gerne ein Gemeinschaftsbad haben, auch wenn die Hostels in Hamburg es günstig anbieten. Ich bin ja keine Schülergruppe und habe gern mein eigenes Bad, auch wenn das sich arrogant anhört. Und mein Partner würde es bestimmt auch nicht toll finden, wenn er nach dem Spielen zum Duschraum laufen müsste.

Da finde ich doch, die Masse beschwert sich über die Deutsche Bundesbahn, weil sie ab und zu mal verspätet kommt, was ich auch relativ finde, aber es beschweren sich öffentlich nicht so viele Leute über die unqualifizierten Hotels und den schlechten Service, den man im Internet erlebt. Das ist doch echt eine Wüste da und die Schuldigen sitzen auch immer nicht greifbar und jeder macht was er will und nicht was eigentlich angebracht wäre zum Wohle des Kunden, ich sage nur Service-wüste.

Ich habe aus diesem Anlass beschlossen, dass ich nur noch bei Anbietern kaufe, die erreichbar sind und zu denen ich fahren kann, um ihnen persönlich mein Anliegen vorzubringen. Da spart man Zeit und Nerven.

So habe ich mir ein Zimmer mit Doppelbett gebucht und beim bezahlen ist die Seite dann gesprungen und da stand, ...> Bitte die Buchung abschließen...> und ich drückte auf das Feld in meinem

Handy und dann hatte ich zwei Hotelzimmer gebucht. Ich rief sofort an, um eine Lösung zu finden, aber keiner war bereit, weder das Hotel noch die nette Dame die für das Portal zuständig war ein Zimmer zurücknehmen. Die Dame sagte aber auch, dass jenes Hotel nicht wollte, vielleicht könnte, aber die waren nicht kulant und ich buche nie, aber auch niiiiieee wieder bei denen, ich habe mich natürlich auch eingehend beschwert und nach dem Chef verlangt, aber der war nicht da, wie praktisch für ihn. Ja und dann habe ich mich wirklich aufgeregt. Ich wollte schon einen Obdachlosen in dem Zimmer schlafen lassen, das wäre richtig gewesen!!!

Sonst bin ich immer mit dem Auto gefahren, aber es dauert doch seine Zeit und die Staus machen einen wahnsinnig und ich bin dann schrecklich erschöpft und Benzin kostet wirklich mehr. Allerdings muss ich eins gestehen, als ich oder wir noch nicht so firm waren, mit dem Bahnfahren habe ich meine Freundin zu ihren Geliebten nach Bremen per Bahn geschickt, aber leider und wie es so immer, bei uns ist war es der falsche Zug, ja wir waren zu spät, ja wir hatten es eilig. Wie Frauen halt so sind. Man muss nämlich auch auf die Zugnummer achten und die steht auf dem Wagon beim Einstieg, dann kannst du sicher sein auch im richtigen Zug zu sein. Aber jenes wussten wir nicht als neue Bahnfahrer.

Meine Freundin musste im Zug nachfragen und das war eigentlich nicht ihre Stärke. Aber der nette Schaffner half ihr sehr freundlich. Bis man ihr erklärt hatte, was eigentlich passiert war und sie es verstanden hatte, dass sie im falschen Zug war dauerte einige Zeit. Und das hatte sie nur erfahren, weil ihre Sitzplatzreservierung nicht stimmte.

Aber sie sah toll aus und viele Mitreisende kümmerten sich um sie und beruhigten ihr aufgebrachtes Wesen, was wirklich nötig war. Des Weiteren hatte sie auch noch Glück, denn ein Schaffner der Dienstschluss hatte brachte sie dann in Hannover selbstlos zu ihrem richtigen Zug. Da kann ich nur sagen: „ Toll...Wo findet man den so was?".

Das einzige Problem, wenn man mit der Bahn reist ist, dass man jemanden braucht der einen hinbringt und abholt. Ich habe ja meine Freundin die mich nach Kassel hinbringt und in Hamburg holt er mich vom Hauptbahnhof ab, der Hauptbahnhof liegt in der Innenstadt zwischen Steintordamm und Kirchallee, er parkte immer auf dem Hachmannparkplatz davor, das ist auf der Ostseite zur Kirchallee.

Westlich ist der Steintorwall und südlich der Steintordamm und nördlich liegt die Ernst-Merck-Straße, Richtung Ohnsorg-Theater am Heidi-Kabel-Platz. Da werden bei mir Erinnerungen wach, Heidi Kabel war oft im Fernsehen und ich habe die deutsche Volksschauspielerin gern gesehen. Sie stand dort 66 Jahre auf der Bühne und spielte sich in die Herzen der Zuschauer. Jedenfalls stand er oft auf dem Hachmannparkplatz und wartete auf mich und versuchte mich zu finden.

Was oft sehr lustig war, dann hat man solche Gespräche im Chat: „Ich bin da!". „Ich auch...wo bist du?" „Ich bin auf dem Gleis 12", „ Ja,... ich auch", „Ich sehe dich nicht", „Ich dich auch nicht...wo bist du...?, „Ich bin vorn...", „Wo vorn?", „Wo ist denn vorn?", usw. irgendwann findet man sich!

Wir haben uns immer gefunden. Auch wenn wir manchmal beide vor dem Haupteingang in Hamburg Hauptbahnhof standen und telefonierten mit der Frage: „Wo bist du?", und wir uns einfach nur umdrehten und 5 Meter voneinander weg standen. Ja, wir haben sehr oft, sehr viel gelacht und uns über uns amüsiert. Er möchte halt gerne, dass ich in seiner Nähe wohne und hat diesbezüglich schon Pläne und ich habe auch diesbezüglich Pläne. Seine Vorstellungen in dieser Beziehung sind, dass ich nach Norderstedt, (Bundesland Schleswig-Holstein), ziehen sollte, weil dort die Wohnungen oder Häuser nicht so teuer sind, aber in erster Linie ist dies sein Außendienstrevier. Dann könnte er ab und zu vorbei kommen und es wäre auch leicht für ihn mich zu kontrollieren, weil ich ja unberechenbar bin und dies und das „Anstelle!" und er immer, ja immer beunruhigt darüber ist und sich wilde Szenarien ausmalt, dass ich heimlich in den Swingerclub gehe und mich amüsiere, ohne ihn!.

Hamburg bietet ja da so einiges und ich wäre, nach seiner Meinung, bestimmt nicht abgeneigt mit meiner Freundin diese Lokalitäten aufzusuchen. Ich möchte lieber an die Alster ziehen nach Hamburg, ich möchte gerne Hamburgerin werden. Aber er sagt Hamburg ist teuer, na und...?, dann ist halt Hamburg teuer. Ich esse lieber trocken Brot und trinke Wasser und fühle mich zu Hause, als das ich Kaviar und Champagner trinke und fühle mich fremd, ich kann das dann nicht genießen. Das ist nachvollziehbar,...oder? Aber ich liebe Hamburg wie mein zu Hause und man sollte sich doch zu Hause fühlen und glücklich sein. Die Alster hat es mir besonders angetan, nicht nur, weil wir da immer grünen Tee in der Alsterperle tranken und uns dort auf seinem Rücksitz vergnügten und unsere Leidenschaft ausgelebt haben.

Das haben wir auch in Hannover am Maschsee gemacht und es war eine Katastrophe. Dabei ist es wirklich ein wunderschöner Erholungsort. Er war schon da, als wir kamen und erhob die Hände vor Verzweiflung, weil wir zu spät waren. Olga verabschiedete sich schnell und ging zu einem Café und wir setzten uns schnell auf seine Rücksitzbank und er erzählte mir kurz das vorhergehende Geschehen mit dem Stau.

Ich küsste ihn und seine Finger wanderten schnell und fordernd zwischen meine Schenkel und ich zog ihm ganz schnell die Jeans aus, wir hatten ja keine Zeit. Die wenigen Minuten, die wir hatten verbrachten wir ineinander und er kam erleichtert und der Stress den er hatte verflog.

Wir waren alle beide gestresst, weil wir im Stau gestanden hatten und die Zeit rannte uns davon, sie war immer unser Feind und wir haben uns nur 30 Minuten gesehen. 4 Stunden fahren und 30 Minuten sehen, dass geht ja gar nicht! Er hatte Angst zu spät nach Hause zu kommen und ich hatte auch diesbezüglich bedenken, die Verkehrslage war gegen uns. Er verabschiedete sich mit einem schweren Herzen und ich war ganz und gar unbefriedigt in jeder Hinsicht und ich beschloss in Zukunft besser zu planen. Olga war auch erstaunt, dass ich sie gleich anrief und ihr sagte, wir wären schon fertig, sie hatte sich gerade einen Kaffee bestellt und konnte ihn noch nicht mal trinken, arme Olga. Sie war auch ungehalten über die ganze Situation und ich habe nur geflucht, aber man kann manchmal nichts gegen die Umstände tun und so waren sie halt an diesem Tag.

Aber alles ging gut und wir lernten davon, was auch positiv war. Er lernte Strategien, um seine Frau zu besänftigen und ihm fiel hinterher auf, dass sie gar nicht darauf achtete und oft schlief und sich nicht kümmerte und mir fiel auf, dass er immer ruhiger diesbezüglich wurde.

Wir entwickelten uns und ich wollte, dass er etwas von mir besitzt und jenes war zuerst schwierig. Denn was darf ein Ehemann denn schon von seiner Geliebten besitzen ohne dass seine Ehefrau es sieht und danach fragt.

Mir kam die Idee ihm einen Stift mit seinem Namen graviert zu schenken und das tat ich auch dann. Ich suchte in einem Fachgeschäft einen guten Stift, eher Kuli aus und lies ihn gravieren.

Ich wollte, dass er damit seine Termine in seinen Kalender eintrug und dann hatte er mich jeden Tag in der Hand. Als ich wieder mal bei ihm war schenkte ich ihm den Stift und er freute sich riesig aber benutzt hat er ihn nie. Ich fragte ihn warum er ihn nicht nahm, um zu schreiben und er antwortete: „ Dass er für ihn zu wertvoll wäre und er ihn nicht verlieren wollte". Ich verstand ihn diesbezüglich nicht, aber ich denke, er hatte Bedenken wegen seiner Frau, dass sie den Stift nahm und jenes wollte er nicht riskieren. Ich habe ihm auch ein paar Schuhe gehäkelt und die zieht er an. Ich musste allerdings ihr auch ein paar häkeln, was mich sehr viel Kraft gekostet hat.

Er hat ihr, dann die Schuhe geschenkt und gesagt, er hätte sie auf dem Markt gekauft. Somit war das Problem gelöst. Weihnachten habe ich ihm eine Wärmflasche geschenkt und allerlei Süßigkeiten und er war begeistert von den Marzipanstollenhappen mit Apfelfüllung. Er beorderte mich, ihm nun immer diese Happen, Weihnachten mitzubringen, wir mochten schöner Weise beide

Marzipan. Man muss sich allerhand einfallen lassen um nicht, den Verdacht, der Ehefrau zu erregen. Allerdings müssen wir noch ein paar Dinge nivellieren, besonders die ständigen Besuche, die er bei seiner Frau angab, dass er den einen oder den anderen Freund besucht. Er sollte denjenigen davon informieren, dass er bei ihm ist und diesbezüglich ausgefragt werden könnte.

Man muss sehr gute Freunde haben, um so etwas durchzustehen, ich würde ja unter Folter nichts verraten!

Wir trafen uns in kleineren Abständen, weil wir es nicht ohne einander aushielten. Wir trafen uns nach meinem Geburtstag und ich bekam von ihm ein Parfum. Nicht, dass ich es erwartet oder verlangt hätte. Er wollte mir nur seine Wertschätzung zeigen. Einmal sendete er mir Bilder von

Handtaschen und fragte mich welche ich gut fände.

Als ich zu ihm kam sagt er zu mir, er hätte Schwierigkeiten mit dem Budget, weil er und seine Frau doch ein gemeinsames Konto hätten und er mir nicht die Tasche gekauft hatte, ich sagte ihm, dass ich es nicht möchte. Das ich schon glücklich bin ihn zu haben und ich keine Tasche brauchte und ich auch gar nicht verstand warum er dies bedachte. Er stieg dann aus und bat mich zu warten, als er zurück kam legte er mir die Handtasche auf den Schoß. Ich war geschockt und bat ihm die Handtasche zurück zu geben, aber er verneinte und sagte: „Das bist du mir Wert". Ich bin noch heute beschämt wegen der Handtasche, aber ich liebe sie so wie alles von ihm, hätte er mir einen Müllsack geschenkt, dann würde ich ihn auch so verehren. Ja,...ich liebe ihn so sehr, dass es mir manchmal weh tut.

Wir trafen uns um uns zu lieben, zu lachen, uns zu genießen und uns kulturell weiter zu bilden. Wir besichtigten den Michel, die Hauptkirche St. Michaelis, das Wahrzeichen der Hansestadt Hamburg mit der Gruftanlage unter der Hauptkirche. Der Michel steht in der südlichen Neustadt zwischen Ludwig-Erhard-Straße, Krayenkamp und Englischer Planke. Die Seeleute erkannten den Turm immer gut auf ihren einlaufenden Schiffen. Es ist eine Barockkirche und ist dem Erzengel Michael geweiht. Man konnte Grabplatten bewundern und die Bestattungskultur bestaunen. Wir fuhren nachdem wir die Gruftanlage besichtigt hatten, auf den Turm der ist 132,14 Meter hoch, mit einem Lift und genossen die Aussicht, er erklärte mir die zu sehenden Gebäude und ich sah die Schlösser von den verliebten Paaren. Ich hatte ihm auch schon vorgeschlagen ein

Schloss mit unseren Initialen an dem Ederstausee der Edertalsperre in Hessen, da wo ich herkomme, zu befestigen, den Brauch gibt es anscheinend überall.

Wir stiegen die 453 Treppenstufen zu Fuß hinab und ich nahm seine Hand und war glücklich. Wir besichtigten auch die Kirche und ich ging den Kirchgang entlang und stand vor dem Altar und drehte mich um und ich war fasziniert von der Orgel. Dabei besitzt die Hauptkirche 5 Orgeln, die Marcussen-Orgel auf der Konzertempore, die große Steinmeyer-Orgel auf der Westempore, im Dachboden ein Fernwerk und in der Krypta die Felix-Mendelssohn-Bartholy-Orgel. Seit dem Jahre 2010 besitzt der Michel auch noch eine Carl-Philipp-Emanuel-Bach-Orgel auf der Südempore. Mich begeisterte diese große Steinmeyer- Orgel, denn ich hatte so eine riesige Orgel noch nie gesehen. Ich kniete mich vor den Altar und betete, es war mir egal, was die anderen Besucher und Besucherinnen, von mir dachten. Ich wollte mich bedanken und für uns um Gnade bitten. Es war ja eine evangelische Kirche und da kniete man nicht vor dem Altar. Ich weiß nicht, ob ihm das recht war, aber er sagte nichts und dann gingen wir mit dem Versprechen wieder zu kommen und ein Schloss zu befestigen.

Wir wollten danach etwas Essen und ich schlug ihm vor, in eines meiner Lieblingslokale zu gehen. Er kannte es nicht, es lag in der Hoheluftchausee und es servierte asiatische Spezialitäten. Es hat von 11.00-22.00 Uhr geöffnet und der Mittagstisch war von Montag bis Samstag von 11:00-15:30 Uhr. Und beim Mittagsbuffet kostete der kleine Teller 3,80 Euro und der große Teller 5,50 Euro. Ich mochte das Essen

und die Preise, besonders die
Pekingsuppe hatte es mir angetan,
aber auch die anderen Suppen zum
Beispiel, die Kokosmilchsuppe,
Curryrindfleisch-Suppe oder
Nudelsuppen sind auch lecker.

Und die Gedämpften und gebratenen
Maultaschen mit Sojasauce, die
Jiaozi heißen, waren köstlich, die
sind mit Hühnerfleisch und Paprika
gefüllt oder mit Garnelen und
Gemüse, man kann auch süßsaure
Sauce oder Erdnusssauce dazu
verkosten. Das nächste Mal bestelle
ich mir die Fastenspeise, die ist
vegetarisch und soll sehr lecker sein,
auch werde ich mal den Gurkensalat
und den Kohlrabisalat probieren.

Er war erstaunt, dass man für so
wenig Geld, gut Essen konnte. Und
es schmeckte ihm sehr gut, er
verkostete auch das Mittagsbuffet
und fütterte mich mit der Leckerei.
Ich genoss es, das er da war und ich
nicht allein essen musste. Wir

unterhielten uns über uns und sagten uns wie sehr wir uns liebten und genossen beieinander zu sein. Ich mag nicht so gerne allein essen, mir fehlt dann die Unterhaltung und das anregende Gespräch. Essen reicht mir nicht, dann bin ich nicht satt, ich muss auch meinen Geist füttern damit es mir gut geht und mit einem geliebten und vertrauten Menschen, der die gleichen Gedanken mit mir teilt und auch auslebt, da schmeckt es einem hervorragend. Nach dem Essen dachte ich wir sollten mal was ausprobieren. Ich wollte mit ihm in den Sexshop gehen, um ihn was zu zeigen und was zu kaufen.

Ich fragte ihn: „Warst du schon mal in einen Sexshop?". Er schaute mich verlegen an und sagte: „Nein, noch nie!". Dann lachte er mich an und fragte: „Willst du etwa mit mir in einen Sexshop gehen und warum denn, haben wir ein Problem oder vielleicht mehrere von denen ich nichts weiß?". Ich sagte: „Weißt du, ein Mann mit 50 muss mal in einem Sexshop gewesen sein!". Er war verlegen und lächelte, aber gestattete mir meine Bitte die ich an ihn richtete. Er suchte in Hamburg einen Shop und gab es in sein Navigationsgerät ein und dann fuhren wir los. Wir hielten in der Nähe, aber fanden den Eingang zum Shop nicht und ich ging ganz unverfroren in ein Geschäft im selben Haus, er wartete draußen.

Da saßen zwei ältere Herren und ich fragte sie: „Entschuldigen sie bitte, aber wo ist der Eingang zum Sexshop?". Die Herren sahen mich schmunzelnd an, musterten mich, schauten mir auf die Beine und auf den Rock, den ich trug und sagten, dass er um die Ecke war, um das Haus herum. Ich bedankte mich recht schön und verließ ihr Geschäft, ich glaube am liebsten wären sie mit mir gegangen. Als wir den Eingang gefunden hatten sagte er zu mir, dass wir getrennt hineingehen und erst mal schauen ob er da jemanden kennt der sich rein zufällig in der Tür geirrt hatte. Gesagt getan, er ging voraus mit stetigem Schritt in den Shop. Ich folgte ihm ganz unauffällig und tat so, als ob ich ihn nicht kannte. Nachdem er die Räumlichkeiten angeschaut hatte, entspannte er sich und fragte was ich den Kaufen wollte? Ich nahm ihn beiseite und wir schauten uns alles an, was es so gab.

Er war erstaunt und fand manches Merkwürdig und pervers. Aber die Dessous gefielen ihm, was ich nicht bezweifelte. Ich wollte so Fingerlinge mit weichen Noppen dran. Der Verkäufer beobachtete uns, als ich nach den Sachen suchte und kam eilend herbei und ich fragte ihn nach den Spielzeugen. Der Verkäufer war sehr kompetent und schnell unterhielte sich, mein Schatz und er, über Männerangelegenheiten und Krankheiten, wie Prostatakrebs und was man dagegen machen konnte und sollte.

Er sagte ihm viele Ärzte wären seine Kunden, die Penispumpen kaufen würden, um dem Krebs vorzubeugen. Und schon waren sie in ein einstündiges Gespräch vertieft über die Ärzte und Krankenkassen und über die unüberbrückbaren Gegensätze des Lebens, es hätte nur noch ein Grill mit Fleisch drauf gefehlt und Bier dazu.

Nachdem sie fertig mit philosophieren waren, kamen meine Wünsche dran und wir kauften die Überzieher mit weichen Noppen. Dann fuhren wir an die Alster unter erwähnen des kompetenten Verkäufers und des tolles Gesprächs was er hatte, ich war erstaunt und er erst, wie gut doch der Besuchs dieses Shops ihn beflügelt hatte. Ich muss heute noch darüber

schmunzeln und er auch. Wir
probierten gleich die Spielsachen
aus, ja wie immer auf der
Rücksitzbank an der Alster. Er sagte
mir auch, dass er so was echt noch
nie gemacht hatte und der Kauf der
Pumpe wollte er sich überlegen. Er
musste nur noch seine Frau
überreden, dass er die wirklich
brauchte.

Kapitel 8

Wir trafen uns nicht nur in Hamburg, sonder auch auf Tagungen, die er hatte. Einmal hatte er eine Tagung in Kaltenkirchen und er wollte, dass ich dort hinkomme. Wir waren noch nie nachts zusammen gewesen und ich freute mich wie verrückt, denn nachts schlief er immer bei seiner Frau und ich war allein, obwohl ich in Hamburg in einem Hotel war, ganz nah.

Ich wusste nicht, ob er schnarcht und ich wollte gern und träumte davon, auf seiner Schulter einschlafen. Ich bekam von ihm das Datum der Tagung und wir machten einen Plan, denn es war nicht so leicht mich in das Hotel zu schmuggeln. Sein Chef war ja da und seine Arbeitskollegen und Arbeitskolleginnen. Er hatte bedenken und ich sollte natürlich immer so tun, als kenne ich ihn nicht

und er natürlich würde nicht unter
Folter gestehen, dass er mich kennt.

Er dachte sein Chef würde es
gleich bemerken, wenn er uns
zusammen sieht, da er sehr
emphatisch war. Bei mir war alles
gleich, ich brachte meine Kinder zu
meiner Freundin und bestach sie mit
Geld und Süßigkeiten, weiterhin
machte ich die Ansage einen
wichtigen Termin zu haben. Meine
Freundin konnte mich an diesem Tag
leider nicht zum Zug bringen,
deshalb fuhr ich mit dem Schnellbus
und es klappte relativ gut, die
Betonung liegt auf relativ, da der
Schnellbus nur bis Kassel-
Auestadion fuhr und ich mit der
Straßenbahn weiter zum Bahnhof
Kassel-Wilhelmshöhe fahren musste.
Ich habe selten so geflucht. Ich
musste dann, den nächsten Zug
nach Hamburg nehmen und im Zug
bezahlen, das kann man auch,
kostet einen bezahlbaren Aufpreis,

aber dies ist einem, in so einer Situation egal und man bezahlt es gern.

Er hatte Verständnis und wir mussten ja erst so gegen 12.00 Uhr in Kaltenkirchen sein. Ich fuhr dann mit dem ICE 2.20 Stunden und schrieb ihm dann immer wo ich war, Göttingen, Hannover, Hamburg Harburg und dann Hamburg Hauptbahnhof. Als ich ihn sah fiel mir ein Stein vom Herzen und ich war so glücklich ihn zu sehen, ich vergaß die Reisestrapazen schnell. Ich war nur glücklich in seinen Armen zu liegen.

Wir fuhren dann nach Kaltenkirchen zum Hotel. Er wies mich an mich nach hinten auf den Rücksitz zu setzen, denn es hätte mich jemand sehen können und das wollten wir beide nicht riskieren. So fuhr ich wie eine Königin mit Chauffeur ganz gemütlich nach Kaltenkirchen. Und das tolle an dem

Hotel war, dass es an der Holsten Therme lag, das ist in der Norderstr., Kaltenkirchen. Ich bin ein begeisterter Fan von Saunenwelten, ich gehe viel in die Kurhessentherme in Kassel mit meiner Freundin, vor allem im Winter. Und ich liebe die Dampfsauna und das Peeling mit Salz, danach hast du wunderschöne glatte Haut. Als wir angekommen waren setzt er mich erst mal an der Therme ab, aus Sicherheitsgründen. Er wusste nicht, ob er gleich den Schlüssel bekam und ob schon viele Arbeitskollegen und sein Chef im Eingangsbereich des Hotels warteten. Die Therme war nicht weit entfernt, man konnte auch über eine kleine Brücke direkt vom Hotel in die Therme gehen. Gäste konnten die Therme besuchen, ohne Aufpreis. Er bekam den Schlüssel gleich und von seinen Arbeitskollegen und Arbeitskolleginnen, war auch keiner in Sicht, deshalb ging er zum Auto und holte die Koffer und bat mich herüber zu kommen. Wir gingen in einem Abstand von ca. 5 Metern in die Eingangshalle und durchquerten sie. Er fuhr mit dem Aufzug hoch und ich ging zu Fuß die Treppen hoch bis zum Zimmer. Ich war erleichtert als ich aufschloss und drin war und er auch, aber so was von,...ich atmete dann erst wieder und niemand hat es bemerkt. Gott sei Dank! Wir fielen uns gleich in die Arme und freuten uns wie wahnsinnig. Ich suchte noch ein Kissen und eine Decke im Schrank und wurde auch schnell fündig. Es war ja ein Doppelzimmer und ein tolles Doppelbett zum Spielen stand auch da. Er hatte dann gleich eine Sitzung oder eher Kaffeetrinken mit den Kollegen, die sich langsam einfanden und formierten.

Aber 20 Minuten hatten wir noch und er trug mich ins Bett und küsste mich leidenschaftlich. Seine Hände waren überall und ich verlor den Boden unter mir. Ich war immer erregt bei ihm, rein schon seine Stimme erregte mich. Und die Gedanken, die ich ihm schrieb und die er mir schrieb, machten uns an und erregten uns sehr. Er schrieb nur, ich möchte dich fühlen und da war ich schon bereit. Danach duschte er sich schnell und ich legte ein Handtuch auf die feuchten Stellen im Bett. Er musste zur Besprechung und ich verabschiedete ihn sehnsuchtsvoll. Er beeilte sich und kam noch rechtzeitig zur Besprechung, wo sie erst mal alle eine Kaffeepause einlegten und die Tagesordnung besprachen. Die Firma keine Mühen und Kosten gescheut hatte und einen Profikoch engagierte um ihnen den Abend mit einem Kochkurs zu versüßen wurde ausreichend erwähnt und um die Teilnahme gebeten.

Ich genoss die Ruhe, keine Kinder, keine Arbeit, kein Kochen, kein Haushalt, nur im Bett liegen und mich ausreichend ausruhen. Sonst hatte ich immer mein Laptop mit, um meine Arbeit zu erledigen, aber mit der Zeit fand ich, dies als einen Ballast und lies die Arbeit zu Hause. Auch das Gepäck wurde immer weniger weil ich versorgt wurde. Er kaufte meist so viel, dass ich es gar nicht essen konnte und ich verpflegte mich nicht mehr, im Zug kaufte ich mir einen Becher Kaffee und etwas zu essen und in Hamburg versorgte er mich. Ich nahm nur noch das nötigste mit und dieses passte in die Handtasche. Und die Hotels legten als Gastgeschenk auch immer Seife und Waschutensilien für den Gast zu seiner Verfügung bereit, da musste man nichts mehr mit sich herumschleppen und zur Not kauf man es sich. Langsam aber stetig findet man eine ideale Basis. Man braucht nicht mehr so viel und wird schneller in der Kategorie -Verreisen leicht gemacht-.

Jedenfalls nachdem er seine Kaffeepause hatte und die Besprechung zu Ende war klopfte er vorsichtig an die Tür und ich fragte immer wer da war. Es hätte ja auch sein Chef kommen können, aber ich wollte dann so tun, als ob ich das Zimmermädchen bin und das Bett bezog oder so was ähnliches. Nicht der schlauste Plan aber wenigsten einer.

Er küsste mich Leidenschaftlich. War froh und glücklich mich zu sehen. Er war auch nicht mehr aufgeregt, weil sein Chef mich nicht gesehen hatte und mich nicht als Angestellte identifizieren würde. Auch meinte er sein Chef sieht sofort was los wäre, Geliebte haben, Frau betrügen usw., aber das hat sein Chef nicht und die Firma wäre in der Beziehung doch sehr konservativ.

Ich jedoch war auffällig unauffällig und keiner hat was gemerkt, außer dem Gast im Nebenzimmer, weil wir ab und zu etwas laut waren. Ich war laut, er nicht weil er immer leise kommt, aber ich bin meistens sehr laut.

Er schickte mich nach einer sündigen Nacht zum Frühstücken und ich nahm an, dass ich das eigentlich nicht dürfte, weil ich ja nicht registriert war und Frühstück nicht bestellt hatte, aber er sagte: „Das merkt keiner!". Ich sollte mich nur nicht, in die Nähe von seinem Chef setzen, ich sagte zu ihm: „.. Ich weiß gar nicht wie dein Chef aussieht...?", und er beschrieb ihn mir dann kurz.

Ich ging mit meinem Zimmerschlüssel bewaffnet in den Frühstücksraum und setzte mich an einen Tisch, der seinem Chef abgewandt war, ich erkannte ihn gleich, nach der Beschreibung, er war so um die 50 Jahre, schlank und groß. Aber er registrierte mich nicht wirklich, weil er in einem Gespräch mit seinen Angestellten vertieft war. Irgendwie war mir doch komisch zu Mute in einem Hotel als unangemeldeter Gast beim Frühstück zu sitzen, dass hatte ich auch noch nie gemacht, aber dann kam eine nette freundliche Dame zu mir an den Tisch und fragte ob ich Tee oder Kaffee wollte und sie stellte mir eine Kanne auf den Tisch ohne großartig nachzufragen. Danach wurde ich innerlich ruhiger und ich wählte mir vom Buffet Wurst, Quark und Brötchen und ging wieder zum Tisch. Ich aß in Ruhe und dann ging ich wieder auf unser Zimmer. Ich war sehr froh wieder auf dem Zimmer zu sein, denn so angenehm war mir das auch nicht. Er schrieb mir ab und zu wie sehr er mich liebte und wann er kommt. Wir mussten ja aus checken, ja eigentlich er. Ich gab, aber den Schlüssel für ihn ab und tat so, als wenn ich eine Kollegin von ihm wäre. Das hat auch die nette Dame an der Rezeption nicht bemerkt und verabschiedete mich freundlich und bat mich noch, dass ich einen Regenschirm mitnahm, weil es draußen so geregnet hatte und ich brauchte ihn auch nicht mehr wiederzubringen. Toller Service hier buche ich beim nächstem mal wieder, aber dann offiziell und mit Frühstück.

Ich ging danach voller Freude in die Therme und kaufte mir einen netten Bikini. In der Therme besuchte ich alle Saunen von Dampfsauna bis chinesische Sauna und genoss die Aufgüsse. Es fiel mir jedenfalls nicht schwer zu warten. Ich erholte mich herrlich in der Sauna. Draußen stürmte und regnete es und ich saß bei 90 Grad in der Sauna. Danach setzte ich mich in den Ruhebereich und machte Bekanntschaft mit einem Pärchen. Sie waren schon im gesetzten Alter und fragten mich aus. Ich habe heute noch Kontakt mit ihnen, es war nett und ist schön sich mit gleichgesinnten zu unterhalten, auch wenn es nur über Saunagänge war.

Mein geliebter Schatz beendete auch bald seine Tagung und als sein Chef weg fuhr, holte er mich von der Therme ab. Wir fuhren dann siegessicher nach Hamburg. Die zwei Tage mit ihm waren unschlagbar und sind unvergessen. Der Abschied war immer schwer aber wir wuchsen so zusammen, dass wir wussten wir werden uns nicht verlieren. Er mich nicht und ich ihn nicht. Wir wurden irgendwie zu einem Verbund, zu einer Allianz, zum Ehepaar ohne Trauschein. Wir fühlten uns verbunden und verheiratet, obwohl er eine Frau hatte und ich mir dessen immer bewusst war.

Kapitel 9

Er und ich waren wie eine Einheit aber die Eifersucht nagte sehr an ihm. Er hielt mich für eine sehr schöne, begehrenswerte Frau. Er sah wie die Männer mir Blicke zu warfen und sich nach mir umdrehten. Wie ich von ihnen freundlich angesprochen wurde und immer Kontakt fand.

Eines Tages war er sehr ungehalten über mich, er hatte das Gefühl, dass ich sein Streben und seine Opfer die er brachte nicht Wert sei und sagte: „Es muss immer klare Linie sein im Leben,...Ich will nicht, dass du mich anlügst oder mich betrügst!!!".

Ich kannte diese Gespräche und es war mir klar, dass er eine Grenze brauchte. Ich liebte ihn von ganzen Herzen, aber er verstand mich nicht und er reizte mich immens. Er sprach mit mir sehr ernst und wollte wissen, was für mich Liebe ist und ich fand keine Antwort und dann legte er auf.

Ich war sehr böse auf ihn und er bekam postwendend einen Denkzettel. Ich blockierte ihn im Chat und alle anderen Zugangsmöglichkeiten zu mir. Ich sperrte seine Telefonnummer und lies ihn nicht an mich heran. Ich war wütend und verletzt, er legte einfach auf und ich dachte er hätte unsere Beziehung beendet, aber eigentlich war alles ein Missverständnis. Er versuchte mich wieder und wieder anzurufen und er war gesperrt, er rief mich jeden Tag 40 mal an, aber seine Nummer war in der Sperrliste und dies wusste er so langsam, er ahnte es.

Er versuchte mit meiner Freundin Kontakt auf zunehmen und sein Freund versuchte mit mir Kontakt aufzunehmen, aber es gelang ihm nicht, mich zu erreichen. Ich war stur und wollte ihm etwas lehren.

Nach einer Wochen, war auf einmal Ruhe und ich wusste, dass hatte was zu bedeuten und ich fühlte ihn, er war auf dem Weg zu mir. Er nahm sich frei und fragte seinen Freund was er machen sollte, sein Freund riet ihm ab, denn er hatte keine Hoffnung, aber er ließ sich nicht beirren, er sagte zu ihm: „...Sie soll mir in die Augen blicken und mir direkt ins Gesicht sagen, dass sie mich nicht mehr liebt...", und fuhr 366 Kilometer zu mir nach Kassel.

An diesem Tag kam ich nach Hause und fuhr mein Auto vor die Garage und stieg aus. Ich war kurz abgelenkt auf dem Weg zu meiner Haustür, weil da ein Wagen stand den ich kannte und es waren seine Nummernschilder. Mir blieb im ersten Augenblick fast das Herz stehen und dann kam er aus meinem

Hof. Er schaute mich an und begrüßte mich freundlich.

Ich schaute ihn an ohne die Miene zu verziehen und ich muss gestehen am liebsten wäre ich ihm um den Hals gefallen und hätte ihn geküsst, aber es war ja Krieg zwischen uns und ich hatte mein Schild poliert und mein Schwert aus der Scheide gezogen, deshalb musste ich Haltung bewahren. Ich war so glücklich ihn zu sehen, er weiß es heute noch nicht, ich denke, er wird nie wissen, wie sehr ich ihn liebe, er ist mein Bestseller, mein Traummann, meine einzige Liebe, mein Mann...! Jedenfalls wollte er mir noch was geben und ich nahm ihn beiseite, setzte mich zu ihm ins Auto und er redete und redete und dann küsste ich ihn einfach, am liebsten hätte ich ihn gleich geküsst und umarmt und nie aber auch nie wieder los gelassen. Wir redeten und entschuldigten uns, bei uns gegenseitig und dann fuhren wir zum Schwimmbad, das nur 2 Minuten mit dem Auto entfernt lag und dann hatten wir tollen Versöhnungssex im Auto. Leider verließ er mich sehr schnell, weil er nach Hause musste und zwar sehr schnell, sonst wäre es aufgefallen, dass er sich frei genommen hatte und nicht an der Arbeit war.

Seine Ehefrau hätte ihm sehr unangenehme Fragen gestellt und dann hätte er, wohl oder übel bei mir im Garten sein Zelt aufschlagen müssen. Was ich nicht schlecht gefunden hätte. Ich hätte ihn aufgenommen. Ich hätte mein Leben mit ihm beschritten ohne wenn und aber, weil ich ihn von ganzem Herzen liebe.

Kapitel 10

Er sagte ich soll Leben und Ausgehen und frei sein, aber ich fühlte mich nicht sehr frei. Wenn ich weg war musste ich es immer sagen und ihm erzählen, das hat mich doch sehr ungehalten gemacht, manchmal sogar zornig, als ich ihm sagte ich gehe am Dienstag, in die Sauna und bin aber, dann doch am Montag gegangen, dann hat er gleich spekuliert ob ich mich mit einem anderen Mann getroffen hätte, da war ich wirklich sauer. Ich hatte noch eine Freundin, die hieß Vanessa und sie war eine Transgenderin das heißt, sie war ein Mann, der eine Frau sein wollte und auch so fühlte. Wir haben sie im Swingerclub kennen gelernt.

Ja, Vanessa hieß sie. Sie hatte blonde Haare, es war eine Perücke, und ein schwarzes kurzes, sehr elegantes Kleid, die Lippen in rot geschminkt und die Augen nicht zu viel und nicht zu wenig, gerade richtig für den Anlass im Swingerclub, schlank war sie, sehr schlank. Eigentlich traf Olga sie zuerst und wo ich da war, da kann ich mich nicht erinnern. Vanessa war ein misshandeltes Kind nicht körperlich sondern Seelisch. Es bedeutet: „Erwachsenes Kind von Alkoholikern zu sein". Ihre Mutter war immer die arme Frau, sie war geschieden und hatte auch keine schöne Kindheit.

Ja, und Vanessa auch nicht. Wie ihre Mutter Alkoholikerin geworden ist, kann sie nur erahnen. Soll das Nachbarkind mit mir spielen? Mit dem Kind einer Alkoholikerin. Lehrer wollten sie von der Schule abschieben mit einem Test. Diplom hat sie trotzdem gemacht. Transsexualität was bedeutet das? Sie war Baujahr 1962 und hatte eine andere Zeit, Schwulen feindliche Zeit und da gab es, dass Schimpfwort Tunte, für sie.

Sie wollte es sich nicht eingestehen, dass sie anders war. Sie machte immer die Glasglocke drüber. Als sie sich von ihrer Frau trennte fing sie an ihr Wesen auszuleben, ja sie war verheiratet. Wahrscheinlich um das Klischee zu bedienen. Sie trug die Unterwäsche von ihrer Frau und sie weiß bis heute noch nicht das Vanessa eine Transgenderin ist. Heimlich schlich sie sich mit Damenkleidung heraus. Sie stand vorm Spiegel und fand sich hässlich. Der Leidensdruck wuchs und war immer da. Da musst du dir einen Psychotherapeuten suchen und den bezahlst du selbst. Aus Not denkt man an Hormone, Genitalien ab, das Gesicht zertrümmern, Busen her. Sie war neidisch auf Frauen die in ihrem Alter waren, weil sie richtige körperliche Frauen waren. Sie sah eine Frau in einer bekannten Serie und wollte so wie sie sein, traurig war sie nicht nur seelisch eine Frau zu sein, sie fühlte wie eine Frau, aber der Körper schrie ihr das Gegenteil entgegen. Er, der Körper sagte ihr, du siehst aus wie ein Mann und du bleibst einer, aber die Seele schrie lauter und hörte nicht auf den Körper, denn was wusste er denn. Ihr Verstand tat dem gleich und ließ sich von dem Körper leiten, aber man weiß ja, dass die Seele immer siegt, denn sie hat ihr eigenes unkontrollierbares Wesen. Sie wandelt dich und lässt dich nicht in Ruhe, sie bearbeitet dich nachts ohne Gegenwehr, du bist ihr ausgeliefert. Sie führt und leitet dich und begleitet dich auch, wenn der Verstand nicht damit einverstanden ist. Sie titulierte dann aus Not ihre Körperteile um, feine Unterscheidungen bringen so viel. Die Freundinnen machten Druck sagten ihr, du bist eine Frau und du musst was ändern. Sie verstanden sie nicht, warum sie nicht weiter ging. Sie suchte ein Laufhaus im Steintor in Hannover aus. Und bat eine französische transsexuelle Dame die dem leichten Gewerbe zugetan war, dass sie ihr das Schminken bei brachte für 50 Euro. Sie war erstaunt über das Szenario und vor allem über Vanessa. Sie besorgte ihr eine Perücke oder eher ein Haarteil. Sie schminkte sie und steckte ihr das Haarteil in das Haar. Vanessa schminkte sich danach ab, sie wollte nur sehen, wie sie geschminkt aussieht. Auf der Suche nach der Frau in ihr, wie Leonardo da Vinci die Skulptur im noch unbehauenen Stein gesehen hatte, so suchte sie sich selbst. Ihren Habitus!!! Sie traf eine Crossdresserin die verheiratet war im Chat, sie bot ihr an Vanessa zu schminken. Und das tat sie auch, denn schminken konnte sie sich immer noch nicht. Sie besuchte sie mit mehreren Perücken und sie schminkten sich vor dem Spiegel, jeden Strich den sie machte führte Vanessa auch aus. Weiterhin hatte sie auch Kleider mit, denn es gab doch einige Probleme für Vanessa die richtige Frauenkleidergröße zu finden. Aber sie sah sich zum ersten Mal vor dem Spiegel als Frau und es tat ihr gut. Mit rasender Geschwindigkeit entwickelte sie sich. Visuell sichtbar änderte sie ihr Erscheinungsbild. Sie lernte die Grundfertigkeiten und die Art zu gehen (Passing). Authentisch fraulich rüber zu kommen.

Was Vanessa in ihr hatte machte die anderen oder einige Transgender neidisch. Denn sie zog es durch, bestellte sich Kleider und Dessous. Jetzt behielt sie die Kleider, die sie vor Jahren aus Scharm weggeworfen hatte. Jetzt ließ sie sich dürfen, als Frau sein, empfinden und leben. Heute hat sie 4 Perücken und einen Schrank voller Kleider. Sie liebt den Perfektionismus, perfekt als Frau angesehen zu werden. Von Ablehnung bis Verwunderung und Akzeptanz war alles dabei. Schlüsselerlebnisse hatte sie - der erste Mann hielt ihr die Tür in der Bank auf. Angestellte wünschten ihr einen guten Tag und einen guten Weg, wie sie es einer Frau wünschten. Ihre Seele tanzte im Sturm, gesiegt!! Sie war angekommen, als Frau in ihrem Leben und ich kannte sie und wir waren befreundet, natürlich nicht so wie Olga und ich, aber befreundet waren wir schon.

Und er, mein geliebter Schatz in Hamburg fand das überhaupt nicht amüsant. Das erste was er fragte, als sie mich besuchen wollte war ob sie noch einen Penis hatte. Ja, hatte sie,... na und... ist das ein Problem?

Ja das war irgendwie ein Problem und er fing schon wieder mit seiner „klaren Linie" an!

Er dachte sie wollte mit mir ins Bett, jedenfalls hatte ich so den Eindruck. Ich glaube nicht dass sich, mein Herz in Hamburg, wirklich vorstellen konnte, dass Vanessa eine Frau ist und sie nach Männern sucht auch wenn sie einen Penis hatte. Aber er rief mich an und wollte mein Bett sehen und ich musste ihm mein Bett zeigen. Ich schlief immer mit zwei Decken und Kopfkissen, weil meine Kinder nach Tageslaune und Krankheitsfall bei mir schliefen und dann hab ich schnell die eine Decke weg gemacht damit er sie nicht sieht, denn dann dachte er wieder das Falsche und das wollte ich nicht.

Aber er hat das gemerkt und dann fingen wieder die Diskussionen am Telefon an und er schimpfte mich. Ich habe beschlossen keine Gäste mehr bei mir unterzubringen.

Vanessa schlief dann bei Olga und was sie noch abends gemacht haben darüber legen wir lieber ein Tuch des Schweigens.

Kapitel 11

Ich war wieder auf Besuch in Hamburg und wir fuhren zum Hafenkontor in die Speicherstadt. Er wollte mir ein Restaurant zeigen, es war am Sandtorkai, ein Italiener und er sagte: „Ich mag zwar keine Pizza aber, die muss man mal probiert haben".

Wir suchten uns einen Parkplatz in der Nähe des Kaffeemuseums und bezahlten die Parkgebühren, ja man muss viel Kleingeld dabei haben. Wir gingen in die Pizzeria und bestellten uns, nach einem kleinen Rundgang, der durch das Essensangebot führte, zwei Pizzen. Eine hieß Diavolo und die war etwas scharf, aber genau richtig für mich, obwohl er sie sich eigentlich bestellt hatte und noch eine mit Thunfisch, da habe ich den Namen vergessen. Wir bekamen ein rundes Gerät das summte wenn die

Pizza fertig war und dann musste man sie abholen und zu seinem Tisch bringen. Das hatte ich auch noch nie gesehen - sehr praktisch -. Am Ende aß ich seine und er meine und wir unsere irgendwie. Aber es war toll, ich mag zwar keine Pizza aber die fand ich lecker, aber so was von...

Das Ambiente war mir zu laut, es war wie in der Mensa einer Universität, ich konnte mich noch gut an meine Studienzeit und die Aufenthalte in der Mensa erinnern. Nichts für einen romantischen Abend bei Kerzenlicht zu zweit, wo man sich verführerische Worte in das Ohr flüstert und die Hand die andere streichelt, könnte ich in dem Fall, nicht empfehlen. Aber die Pizza war definitiv lecker und die Pizza würde ich sehr gerne nochmals essen. Wir gingen danach zum Auto und setzten uns auf die Rücksitzbank und wir redeten über Beziehungen, seine

Beziehung mit seiner Frau und unsere Beziehung die verträumt und sündig war. Er sagte mir ab und zu mal, wenn du einen anderen Partner haben willst, der mit dir eine richtige Beziehung führt, der bei dir ist und dich in deinem Leben begleitet, dann würde er mich frei geben. Aber mittlerweile ist er hart am Kurs abgedriftet denn aus dem „frei geben" wurde ein „Lebenslänglich" für mich.

Ich glaube er wird mich niemals frei geben und ich will auch nicht frei sein, ich will immer ihm gehören und keinem anderen Mann. Er betonte, er möchte dass ich glücklich bin, weil er mich liebt. Ich empfand es als schwer zu tragen, dass ich nicht offiziell seine Freundin oder Frau war. Mit ihr konnte er überall hingehen und konnte sie küssen, wann er wollte, er war nicht so allein wie ich. Aber er sagte, ich habe zwar meine Frau, aber ich bin trotzdem einsam, denn sie hat Depressionen und einmal sagt sie. „ Ja", sie geht mit und eine halbe Stunde später sagt sie. „Nein", was ihn sehr immer sehr bestürzte. Die Zweisamkeit die sie früher hatten löste sich in den Jahren irgendwie auf. Auch begrüßten sie sich nicht mehr mit einem „Guten Morgen" und die Konversation war auf dem Nullpunkt. Sie besprachen nur noch das Wesentliche. Kalt und ungemütlich war ihre Ehe geworden.

Das Krankheitsbild ist sehr schwierig, wenn man Depressionen hat. Ich konnte nie so richtig damit was anfangen, denn ich hatte nie Depressionen, ich war lebenslustig und mir waren solche Krankheitsbilder immer fern und ich bin froh darum. Er litt sehr unter der Situation mit seiner Frau, weil sie sich auch so, im Laufe der Jahre so verändert hatte, aber sie konnte ja nichts dafür, aber sollte er auch mit ihr untergehen?

Er hatte schon drei Burnouts, und er hatte sich allein ohne Medikamente aus dieser Situation gerettet, er war stark. Aber sollte er noch einen Burnout kriegen, sollte er durch mich tief emotional und geistig in ein tiefes Loch fallen und vielleicht nie wieder heraus kommen, weil ich ihn verlassen würde, wenn ich jemanden anderen wollte der nicht verheiratet war und immer, ja auch immer bei mir war. Mit einem Partner mit dem ich morgens aufwachte und abends ins Bett ging. Der mit mir seine Sorgen teilt und die Verantwortung. Der mich auf seine Schulter nimmt und mich küsst und schmust und mit dem ich schlafen könnte wann ich wollte. Mir sind jetzt meine Gedanken etwas abwegig geworden. Ja das möchte ich gerne alles, aber nicht mit einem anderen Partner, ich möchte dies alles mit ihm erleben und ich weiß auch, dass jenes nicht geht und er nie seine Frau verlassen wird, denn sein Schuldbewusstsein ist stärker, als jedes andere. Er würde sie nie verlassen, weil er sich dann sein Leben lang schlecht fühlen würde und das will ich nicht.

Aber der Mensch denkt und Gott lenkt und das Schicksal hat seit Angesicht der Zeit, andere Vorstellungen von dem Sinn und Haben und dem Zweck der Existenz. Demnach kann sich zu jeder Zeit, an jedem Ort, in jeder Galaxie alles ändern und sei es auch nur eine Kleinigkeit.

Kapitel 12

Ich fuhr wieder nach Hamburg und es war Anfang Frühling. Der Frühling verabschiedete gerade den Winter und wünschte ihm Glück, so wie jedes Jahr. Der Frühling hat es auch nicht leicht den Winter los zu werden, vor allem kommt der Winter manchmal einfach zurück oder schickt noch ein paar Boten oder lässt den Frost ohne ihn zu informieren, dass der Winter schon abgereist war, einfach da.

Diesbezüglich war der Winter schon abgereist und ich hatte gesehen, dass der Frost wieder nicht involviert war, na ja... armer Frost. Er hielt sich am frühen Morgen noch wacker auf den Dächern und erschreckte einige Pflanzen und die Tulpen beäugten ihn wie der Gärtner das Unkraut.

Ich hatte Olga gebeten mich zum Zug nach Kassel-Wilhelmshöhe Hauptbahnhof zu fahren. Ich hatte nachts erst das Hotelzimmer gebucht, weil ich mich spontan entschlossen hatte, ihn zu besuchen. Man glaubt gar nicht, dass man so spät noch ein Hotelzimmer in Hamburg bekommt, aber ich habe viele Portalbenutzer gesehen, die auch in der letzten Minute gebucht haben. Meine Theorie dazu ist, dass die Hotelzimmer die storniert wurden, nochmals in den Pool geworfen werden und die Zimmer werden dann, zu einem günstigeren Preis verkauft, anstatt sie leer stehen zu lassen. Auch das Ticket für die Bahn hatte ich noch nachts gebucht und noch einen guten Preis bekommen, natürlich mit Bahncard. Ich konnte die ganze Nacht mich nicht beruhigen, denn es kostete mich sehr viel Kraft in den Portalen nach günstigen Schnäppchen zu schauen und ich hatte Angst zu verschlafen. Auch er beschäftigte mich noch mit Nachrichten im Chat, denn er war aufgeregt mich wieder zu sehen und er musste alles organisieren, sich frei nehmen, Frau belügen, Termine ändern, einkaufen für mich, usw.

Aber ich hatte Glück mit dem Aufstehen und ich hatte schon am Abend alles gepackt und mir Brote geschmiert, nur den Tee machte ich mir frisch am Morgen.

Somit war ich gerüstet für die Fahrt nach Hamburg. Er sagte immer: „Du wohnst so weit weg", aber es sind mit dem ICE nur 02.20 Stunden, das ist doch nicht so, als ob er in Indien wohnt, nein nur in Hamburg, leicht zu erreichen. Da brauch ich ja mit dem Bus der über die Dörfer bei uns nach Kassel fährt länger, als zu ihm nach Hamburg. Olga brachte mich um 06.00 Uhr nach Kassel-Wilhelmshöhe Hauptbahnhof, wir waren gegen unsere Devise mal pünktlich. Und ich war zufrieden, dass mal alles so klappt, wie es sein muss. Ich hasse oft diese chaotischen Zustände und ärgere mich furchtbar, weil es mich in den Fällen, wenn alles schief geht, immer so viel Kraft kostet und ich nichts genießen kann. Ich hatte ein Hotel gebucht und ich hatte erst im Zug richtig Zeit nach der Adresse zu schauen. Es war ein Schnäppchen im Portal von 177,00 Euro auf 51,00 Euro heruntergesetzt. Und ich lass im Zug die Adresse, zu meinem Erstaunen, war es die Reeperbahn, ja ein Hotelbesuch auf der Reeperbahn, ja... da war ich...oder wir,... ja genau richtig...! Ich traute mich nicht ihm dass, im Chat zu schreiben und bewahrte den Gedanken für mich, denn was sollte er denn davon halten. Ich verabschiedete mich von Olga und sie wünschte mir viel Spaß und sendete Grüße an ihn und Hamburg die ich gerne ausrichtete. Ich stieg in den ICE Zug um 06.36 Uhr ein und kam pünktlich an. Der Hamburger Hauptbahnhof ist immer beschäftigt mit den Reisenden, Leute steigen aus und um, Passagiere warten und plauschen, ein Gewusel aus Menschen, die hin und her fahren, zu welchem Zweck auch immer, es wird gekauft für die Lieben zu Hause und verköstigt, freudig erwartet und mit Tränen verschiedet. Aber auch die Armut steht einem entgegen, Menschen die nach angerauchten Zigaretten greifen, sich selbst nicht bewusst, dass Hepatitis übertragen werden kann.

Mich sprach ein alter Mann an, seinem Alter unwürdige Aufgabe übertragen, den Reisenden eine Zeitung zu verkaufen, um Hilfe, um Spenden zu erbetteln. Er nahm eine Zigarette aus dem Aschenbecher vor dem Bahnhof und ich hielt ihn ab. Ich sagte: „ Bitte nicht, warten sie...ich gebe ihnen welche!", er sah mich stumm und erstaunt an und ich holte ihm Zigaretten und drückte sie ihm in die Hand. Ich belehrte ihn, dass man Hepatitis bekommen könnte und ein anderer Reisender betrachtet mich ungläubig. Er bejahte meine Ansprache damit, dass man nie sicher sein könnte, aber er hatte ihn vorher nicht abgehalten seine Zigarette zu rauchen, erst als ich ihn bat dass nicht zu tun ergriff er die Initiative. Ich sah sehr viel in Hamburg und es lehrte mich so einiges. Auch wenn der Egoismus herrscht in unserer Zeit und in den Städten, so ist es dem Menschen nicht das primäre Recht, denn eigentlich möchte der Mensch es anders haben und brauch nur einen Schubs in die Richtige Richtung.

Sehr wenige Menschen kommen selber auf Ideen und man muss ihnen Angebote machen, die sie bejahen oder verneinen können und dann erst können sie Handeln und entscheiden, so wie einer ein Angebot annimmt eine Geliebte zu haben und der andere einen abhält eine gerauchte Zigarette zu rauchen, um nicht krank zu werden, um seine Ehre wieder zu erlangen oder seine Freundin an zu stupsen ein Buch zu schreiben. Man kann kein gelebtes Leben wieder leben, sonder nur ein neues Leben beginnen. Jedenfalls kam ich am Bahnsteig an in freudiger Erwartung meinen geliebten Schatz zusehen. Ich stieg aus dem Zug aus und nahm mein Handy in die Hand und er rief mich an, sagte: „ Ich sehe dich und ich bin hier am Anfang des Zuges". Ich lief in die falsche Richtung und korrigierte mich, aber schaute auf die Tribüne und suchte ihn. Er stand aber auf dem Bahnsteig und sagte: „ Komm zu mir, ich sehe dich!", aber ich sah nur auf die Tribüne und bin ihm einfach in die

Arme gelaufen, ohne dass ich ihn zielgerichtet ansteuerte.

Er nahm mich in die Arme und freute sich so sehr und ich genoss den Augenblick seiner Anwesenheit, so wie ich ihn immer genoss. Mein Herz erfreute sich seiner und sein Herz erfreute sich meiner, unglaubliches Verlangen und Sehnsucht die gestillt wurden, dass zu haben was man brauchte, den anderen den man von Herzen liebt und begehrt. Er nahm mir meinen Rucksack ab, ein echter Gentleman und wir fuhren mit der Rolltreppe hoch auf die Tribüne zum Ausgang mit einem Zwischenstopp am Bäckerladen, um mir eine Kaffee und ein Croissant mit Marzipan zu kaufen. Wir gingen zum Ausgang und durchquerten einen Blumenladen und er kaufte mir eine langstielige rote Rose, die ich zuerst mit aller Kraft ablehnte, aber ich hatte diesbezüglich keine

Ansprache, denn er kaufte mir eine Rose, weil es sich so gehört, nicht die erste und nicht die letzte die er mir kaufen wird. Im Auto küssten und umarmten wir uns, besprachen die Fahrt und unsere Empfindungen, dass alles doch einen guten Ablauf gefunden hatte, alles geregelt war. Ich eröffnete ihm, dass ich unser Hotel unter nicht wissen, auf der Reeperbahn gebucht hatte und er schmunzelte nur etwas und meinte, das wäre ja passend für den Anlass. Wir besprachen, was wir zuerst machen, aber wie immer trieb uns die Sehnsucht zur Alsterperle. Ach, wenn die da nur wüssten...

Wir fuhren in Richtung Alsterperle und er besuchte kurz die Gaststätte. Danach suchten wir uns einen Parkplatz und er fragte, was hast du Lust. Ich entgegnete ihm auf der Rücksitzbank wäre es doch angenehm und das taten wir dann auch. Wir setzten uns auf die

Rücksitzbank, ich zog schon mal meine Schuhe aus und umarmte ihn, küsste ihn zärtlich, redete ununterbrochen und er auch. Dann küsste ich ihn intensiver und er wusste was das Bedeutete, ich wollte ihn spüren mit all seiner Leidenschaft. Seine Hände wanderten unter meine Bluse und unter meinen Rock, zu den bestimmten Stellen, die gar nicht feucht genug für einen Mann sein konnten.

Ich entledigte mich meiner Kleidung, bis auf die Bluse, die ich ein wenig aufknöpfte, da man uns ja sehen hätte können und ganz nackt, wollte ich nicht sein. Es war sehr viel los an der Alster. Ich hatte gutes Wetter mitgebracht und es war herrlich warm für die Jahreszeit. Ich dirigierte ihn sich etwas mittiger zu setzen und dann öffnete ich seine Jeans. Er hatte keinen Slip an, nach und nach übernahm er bestimmte

Eigenschaften, die uns das Spiel auf dem Rücksitz seines Autos erleichterten. Er war erregt ich würde sogar sagen, mehr als das, er ließ sich von mir verwöhnen und ich schmeckte ihn lustvoll und gierig. Er genoss meine Bemühungen und seine Finger waren zwischen meinen Schenkeln, ich setzte mich auf ihn und lies ihn in mich gleiten. Wir küssten uns leidenschaftlich und suchten verzweifelt nach den Tüchern, um die Tropfen des Verlangens zu beseitigen. Wir hatten schon langsam Routine in dieser Hinsicht, aber dennoch sollte er mal langsam die Rücksitzbank gründlich reinigen. Nach unserem kurzen Spiel beseitigten wir die Tücher und ich nahm wieder auf dem Beifahrersitz Platz, befriedigt und glücklich. Ich beobachtete die Sportler und dachte mir, dass wir schon wieder Glück gehabt haben, keiner hat es bemerkt und uns gesehen oder sie waren zu höflich uns zu stören. Die Zeit Schritt voran und wir hatten schon den Mittag überschritten. Ich frage mich immer, wo ist die Zeit den hin. Wir beschlossen etwas zu Essen und er fragte mich, ob ich die indische Küche mochte, ich bejahte dies, denn ich mag indische Küche sehr gerne, die scharfen Speisen und Lassi trinken. Lassi mache ich auch zu Hause, meist im Sommer, ganz einfach Joghurt mit Wasser mischen und Kräuter, Kreuzkümmel, Salz, Banane oder Mango mit einem Pürierstab auf mixen und mit Eiswürfeln servieren, das ist einfach erfrischend und lecker, ich meine natürlich nicht alles zusammen sondern nur immer eins, entweder Kreuzkümmel oder Mango , nicht gemischt.

Wir fuhren dann in die „Neuer Pferdemarkt", zu einem indisch ayurvedischen Restaurant und da gab es Mittagstisch bis 15:30 Uhr,

man kann so viel essen wie man will.
Es war wirklich lecker und wir
tranken Mango-Lassi eisgekühlt mit
Strohhalm. Er kannte kein Lassi und
war überrascht, wie gut das zum
scharfen Essen passte. Es ist ein
indisches Joghurtgetränk. Er kannte
das türkische Nationalgetränk Ayran,
aber Lassi war mal was anderes. Wir
lernten viel voneinander, man glaubt
gar nicht wie viel Unterschiede es
zwischen Bundesländern in
Deutschland gibt. Nach dem Essen
fuhren wir ins Hotel auf die
Reeperbahn. Ich war amüsiert über
die Lage des Hotels und wir
bekamen auch gleich einen
Parkplatz. Es war nicht weit von der
berühmten Davidswache entfernt. Es
gab auch ein Schild da stand drauf,
„...Keine Waffen, keine Messer,
Pistolen usw.".

Neu war mir auch bei dem Hotel,
dass man erst klingeln musste um
eingelassen zu werden. Ja,.. wir

waren hier in einem speziellen Viertel. Ich fühlte gar nicht die sündige Meile und die Gefahr, er war da und es hätte auch der Einlass zur Hölle sein können und ich wäre mitgegangen. Ich hatte ein Doppelzimmer gebucht und ein netter Concierge gab uns den Schlüssel. Wir suchten das Zimmer, es war schön, neu renoviert und sehr sauber, ideal für uns, auch wenn, es die Reeperbahn war, na und...! Was mich aber störte war, dass man die Fenster nicht öffnen konnte, aber man erträgt so einiges als Hotelgast. Wir machten es uns gleich gemütlich, ich fotografierte, aber zuerst das Hotelzimmer, um auch ein Bild im Netz hochzuladen, denn ich wurde immer nach meinen Hotelbesuchen von den Portal Betreibern gefragt - „Wie war Ihr Aufenthalt im Hotel sowieso?" und ich bekam langsam Spaß an der Sache auch Bewertungen zu schreiben, ob es mir gut oder schlecht gefallen hatte. Und da konnte ich diesmal sogar ein paar Bilder hochladen.

Auch war er ganz entspannt, weil seine Frau auf Urlaubsreise war und ein paar Tage, ihn in Ruhe lies. Normalerweise musste er immer zu bestimmten Zeiten zu Hause, wegen seiner Frau sein, aber diesmal hatte er Zeit für mich und dass, war großartig. Diesmal konnte er auch abends bleiben und auch nachts zu mir kommen, was sonst ausgeschlossen war. Zwar mussten wir aufpassen, dass uns keiner sah, aber wir hatten wesentlich mehr Zeit füreinander. Wir liebten uns in dem großen Bett, seine Hände waren überall und wir küssten und schmusten und ich liebkoste und kümmerte mich um ihn mit all meiner Gier. Ich zitterte vor Erregung. Mein Blut pulsierte laut und ich konnte es in meinen Ohren hören. Ich wollte, dass er mich nimmt und niemals wieder damit aufhört.

Er ist eigentlich immer sehr leise, aber seine Sehnsucht schrie aus ihm heraus und er stöhnte laut und in brünstig, als er kam. Und wir kuschelten und küssten uns weiter, weil wir nicht genug voneinander bekamen und seine Hände streichelten meine Schenkel und drangen zu der feuchten Stelle, die auf ihn sehnsuchtsvoll wartete. Ich genoss sein Spiel so wie ich noch nie etwas genossen habe, voll Leidenschaft, unglaubliche Gefühle und Wärme durchströmten mich, als ich kam und er auch laut stöhnend, den Herrn anrufend. Ich bin so reich beschenkt mit ihm, dass ich jeden Tag dankbar bin, dass ich ihn mein nennen darf.

Wir hatten keinen Sex sondern liebten uns, mit aller Intensität, sinnlich, ekstatisch und leidenschaftlich. Wir wollten uns alles

geben, was wir füreinander übrig
hatten, sogar den letzten Tropfen
unserer Seelen.

Kapitel 13

Ich wachte auf schaute verträumt die Decke meines Schlafzimmers an und es war 08.00 Uhr morgens, es war Samstag. Ich erwartete nichts und niemanden. Er war in Hamburg und seine Frau sollte wieder zurück vom Urlaub kommen. Ich zog meinen grünen Bademantel an und ging die Treppenstufen langsam herunter und schaute nur ganz kurz aus dem Fenster und da sah ich einen Wagen der in unsere Straße einbog.

Ich hatte das Gefühl, dass ich den Wagen kannte, aber diesen Gedanken verwarf ich gleich. Ich sah nochmals hin und mein Herz blieb mir fast stehen, der Wagen kam näher und ich wusste, er war es. Ich erkannte seine Kennzeichen und lief die Treppen hinunter, öffnete die Tür und er lachte mich aus seinem Auto

heraus an. Ich lief halb wach, halb
ungläubig zu seinem Wagen und
fragte ihn: „Wo kommst du denn
her?".

Und er lachte und ich küsste ihn
und er sagte: „Komm zieh dir was an
und wir fahren kurz weg!". Ich lief
beeilend ins Haus zurück und wusste
im ersten Augenblick nicht mit was
ich zuerst anfangen sollte, aber ich
holte zwei Tassen aus dem Schrank
machte den Wasserkocher an und
holte Schwarztee mit Bergamotte
aus dem Schrank, danach putze ich
mir schnell die Zähne und kam dann
mit zwei Tassen heißem Tee zu
seinem Wagen gelaufen. Hurra!!!

Ich setzte mich zu ihm und er
sagte: „Du bist ja verrückt!". Er
beäugte die Teetassen, die ich in
seine Ablage stellte, der Tee war
doch das mindeste was ich ihm nach
so langer Fahrt anbieten konnte und
ich bin doch deshalb nicht verrückt.
Das sagte ja der richtige, der 366

Kilometer zu mir fuhr und noch 366 Kilometer vor sich hatte. Ich fragte und küsste ihn: „Wann ist dir denn dass, eingefallen, hattest du so Sehnsucht,...Ich liebe dich? Ich war außer mir vor Freude ihn zu sehen. Ich glaube, er konnte es selber nicht glauben, dass er da war und ich schwebte auf Wolken. Ich war doch erst die Woche von Dienstag auf Mittwoch bei ihm gewesen und hatte mir das Hotel auf der Reeperbahn gebucht. Und jetzt war er da bei mir. Das letzte, oder das erste Mal war er ja nach unserm kleinen Disput bei mir, als ich jeden Kontakt zu ihm abgebrochen hatte. Damals war er 1 Stunde bei mir, vielleicht auch 2 Stunden. Da musste er schnell wieder zurück nach Hamburg fahren, wegen seiner Frau. Diesmal war seine Frau ja noch im Urlaub und sie kam erst Sonntag. Nachts um 02.00 Uhr ging er ins Bett und schlief zwei Stunden. Er musste nur auf seinem

Sohn achtgeben, aber der schlief bis Mittag. Mit den kleinen Hunden war er am frühen Morgen schon spazieren gegangen. Er hatte sich den Wecker auf 04.00 Uhr gestellt und einen auf 04.15 Uhr um nicht zu verschlafen. Dann setzte er sich in sein Auto fuhr zur Tankstelle und tankte und dann los durch den Elbtunnel und auf die Autobahn A 7 zu mir. Um 04.00 Uhr ist eine gute Zeit zu fahren, denn dann ist noch nicht viel los auf den Straßen. Er fuhr wie der Teufel getrieben von seiner Sehnsucht und brauchte nur 3 Stunden und jetzt war er bei mir. Meine Kinder schliefen noch und die Nachbarn waren mir egal, dass sie mich morgens im Morgenmantel auf der Straße sahen, mit einem fremden Mann und zwei Tassen Tee in der Hand. Wir fuhren dann zum Schwimmbad, was nicht weit entfernt ist, dort hat man seine Ruhe, jedenfalls mehr oder weniger. Es gibt da viele Leute die ihre Hunde ausführen und natürlich Jogger, die sich sportlich betätigen. Aber es war ja so früh und das Wetter war auch nicht einladend, nur wenige Spaziergänger waren zu sehen und die Aktivitäten hielten sich in Grenzen. Ich fragte ihn wie viel Zeit er hatte und er sagte eine Stunde, das war natürlich nicht viel, aber besser als gar nichts. Und er war bei mir und ich musste nicht meine Kinder verlassen und mit dem Zug fahren. Er war zwar verheiratet und hatte seine Frau und seinen erwachsenen Sohn, aber ich hatte ja zwei Kinder, die noch Aufsicht brauchten. Und mir war es sehr recht, dass er da war. Er stillte meine Sehnsucht und ich seine. Wir nahmen schnell auf der Rücksitzbank Platz und umarmten uns zärtlich. Wir küssten uns und seine Hände wanderten unter mein T-Shirt. Er zog seine Jeans runter und versuchte sich seiner Schuhe zu entledigen. Ich zog schnell meine Hose aus und kümmerte mich lustvoll um sein bestes Stück. Ich liebte seinen Geschmack und seinen Geruch, ich konnte gar nicht genug davon bekommen. Er war begeistert von meiner Mundfertigkeit und genoss jeden Augenblick. Wir liebten uns heiß und innig. Die Fensterscheiben seines Autos waren beschlagen und es war gut, denn dann konnte uns keiner sehen. Wir küssten uns und beseitigten die Tropfen unserer Zusammenkunft.

Wir hatten schon viel Übung in dieser Tätigkeit und die blauen Flecke, die wir uns dabei holten wurden mit der Zeit auch immer weniger. Ich war schlank ich wog 56 Kilogramm und sehr beweglich, wie er immer sagte. Wir waren schon zwei Stunden mit uns beschäftigt und die Zeit, unser größter Feind, schlug wieder unerbittlich zu. Er musste fahren und sein Herz war schwer und ich hätte ihn am liebsten festgebunden, aber das ging nicht. Er fuhr mich wieder zu meinem Haus und ich nahm meine Tassen aus der Halterung, denn sie konnten nicht da stehen bleiben. Er hätte sie entsorgen müssen und das war zu Schade. Er küsste mich noch beeilend und ich wünschte ihm gute Fahrt und winkte ihm noch die Straße herunter bis er in die nächste Straße hinein bog. Ich stand auf der Straße und hatte die Tassen noch in der Hand. Und fühlte ihn noch zwischen meinen Schenkeln, aber dennoch war es mir, wie im Traum, der so schnell verflog.

Er sprach mir noch ein paar Sprachnachrichten im Chat und dann rief er mich an. Das Navigationsgerät wollte ihn auf die A44 leiten, aber ich hatte ihm gesagt er sollte an Kassel vorbei, auf der A49 und zum Lohfelder Rüssel auf die A7 fahren.

Er hatte auf dem Navigationsgerät gesehen, dass auf der A44 viel Stau wegen Unfällen war und ich riet ihm zu der A7. Ich leitete ihn und beschrieb ihm die Abfahrt und er kannte sie nicht, aber war froh, dass ich ihn so gut navigierte. Er bedankte sich herzlich und schrieb mir drei Stunden später, dass er vor der Elbbrücke war. Ich war erleichtert und glücklich über den Ausgang. Er hatte noch viel zu tun, kochen und die Hunde ausführen, Einkaufen und aufräumen und seine Frau, kam ja auch Sonntag, die er noch zusätzlich vom Hamburger Flughafen abholen musste. Sie hatten auch Hochzeitstag am Sonntag und da musste auch noch einiges vorbereitet werden.

Ich ging in mein Haus hinein, mit den zwei Tassen und stellte sie in die Küche. Meine Kinder schliefen noch und ich rief Olga an um ihr zu berichten, dass er da war. Sie glaubte mir erst kein Wort aber dann lachte sie laut und sagte: „Ihr seid ja verrückt!". Ja wir waren verrückt vor Liebe und Sehnsucht zu einander. Wir brauchten uns und nicht nur ab und zu sondern jeden Tag. Wir mussten uns jeden Tag sehen und fühlen und meine Gedanken kreisten in meinem Kopf und schrien mich an. Ich nahm mein Handy in die Hand und suchte ein Portal in dem man Häuser anschauen konnte und Wohnungen in Hamburg. Es wurde alles angeboten und zu Preisen die einem die Füße unter dem Boden wegzogen.

In meiner Gegend rund um Kassel, konnte man ein gutes Haus schon für 150.000 Euro bekommen, aber in Hamburg ging das schon in die Millionen. Es wurden auch Häuser angeboten, die etwas weiter entfernt von Hamburg waren und es gab auch Zwangsversteigerungen. Ich suchte, denn ich brauchte ja zwei

Häuser. Ich wollte, wenn ich schon Hessen verlasse, meine beste Freundin und ihre Kinder mitnehmen. Sie war auch nicht glücklich hier und es wäre fatal für uns wenn wir uns trennen müssten.

Ja,...das Schicksal lachte mal wieder und sagte: „Es kommt alles so wie es kommen muss!".

Ich war entschlossen die Situation zu ändern. Ich rief einen Immobilienmakler in Hamburg an und machte einen Termin. Natürlich sagte ich es keinem und ihm auch nicht. Ich nahm mir frei und fuhr morgens nach Hamburg, um meinen Termin, zur Hausbesichtigung wahr zu nehmen. Der Immobilienmakler war ein älterer freundlicher Herr, der zu mir freundlich „ Guten Morgen" sagte, was ungewöhnlich war, denn die Hamburger und Hamburgerinnen sagten eigentlich: „Moin, Moin". Er hatte mir einige Häuser zur Besichtigung herausgesucht, ich favorisierte die Gegend um Stellingen, Lokstedt, Altona und St. Georg und natürlich an der Alster und dann zeigte er mir eine Doppelhaushälfte und es war ideal. Der Preis war annehmbar. Das Haus war zwar nicht neu, aber akzeptabel. Man konnte nach und nach es nach unseren Wünschen gestalten. Der Garten war auch klein, aber wer will schon Rasen mähen. Es reichte uns klein, aber in Hamburg. Die Zimmer hatten hohe Decken und es wäre genug Platz für uns alle. Auf der einen Seite sollte Olga mit ihren Kindern wohnen und auf der anderen Seite meine Kinder mit mir.

Wir würden dann den Zaun in der Mitte, der zwei Grundstücke entfernen und eine Hollywoodschaukel mittig stellen, damit wir uns morgens da treffen konnten, im Bademantel und mit selbst gehäkelten Schuhen und über unsere Erlebnisse reden. Ich sagte dem Immobilienmakler zu und wir wickelten das Geschäft ab. Ich musste nur noch unterschreiben und mich ins Grundbuch eintragen lassen. Ich gab meinem Rechtsanwalt die Papiere und bat ihn um Abwicklung des Kaufs der zwei Häuser in Hamburg. Ich verabschiedete mich von Hamburg bis alles erledigt war. Es war Frühlingsanfang und bis Sommer wollte ich nach Hamburg ziehen und das waren ja nur zwei bis drei Monate um alles zu regeln. Als ich durch den Elbtunnel fuhr beschlich mich die Angst vielleicht doch das Falsche getan zu haben. Was wäre wenn Olga nicht mit wollte, was wäre wenn meine Kinder nicht mitwollten, was wäre wenn?

Mir standen fast die Tränen in den Augen aber ich war mir irgendwie sicher, dass ich es regeln konnte und zur Not hätte ich meine neuen Immobilien vermietet. Ich dachte an die Geschichte, wenn man nach rechts geht verliert man sein Pferd, wenn man nach links geht verliert man seine Seele und geradeaus verlierst du beides und in diesem Fall bin ich gerade aus gegangen. Ich fuhr nach Hause berauscht von dem Erlebnis des Kaufs der Häuser und konnte mich vor Freude gar nicht einkriegen. Ich machte das Radio laut, so laut, dass mir die Ohren dröhnten und sang wie im Rausch mit. Als ich die 366 Kilometer hinter mir hatte und nach Hause kam musste ich, an mich halten, um nicht alles zu verraten. Meine Kinder waren schon zu Hause und erwarteten mich sehnsüchtig, denn sie wussten nicht wann ich komme und wo ich war wussten sie auch nicht. Ich ging in die Küche und machte mir erst mal einen grünen Tee um mich zu beruhigen und danach besprach ich mich über das Mittagessen mit ihnen. Es war schon zu spät für das Mittagessen, aber bei uns gibt es immer spät Mittagessen und die Kinder waren es gewohnt, dass nicht pünktlich Mahlzeiten angeboten wurden.

Aber der Kühlschrank und die Speisekammer waren immer überladen, von Wurst, Marmelade über Käse. Joghurt, Schokolade, Plätzchen, Dosen aller Art mit Gemüsen und Früchten, Eier, Klöße, Kartoffeln, Reis, Getränke, Milch, Zucker, Honig, Mehl, Butter und noch vieles mehr, da mussten sie nicht verhungern. Ich war beschäftigt mit mir selber und dem kommenden Umzug nach Hamburg in mein neues Haus, dass so viel Möglichkeiten offenbarte. Ich überlegte mir was ich mitnehmen konnte und was ich dem Sperrmüll übergeben sollte. Und ich dachte an einen Neuanfang und ich nahm nur meine Kleidung und mein

Laptop mit. Ich konnte mir doch ein neues Bett kaufen und den Kindern auch. Was sollte ich mich quälen mit dem tragen und schleppen der Möbel, da dachte ich schon an abgebrochene Fingernägel und gebrochene Nerven.

Wir Frauen können mit unsere Handtasche spontan das Land und in diesem Fall Hessen verlassen. Und was gibt es besseres als in Hamburg zu shoppen.

Somit war der Plan gefasst und besiegelt, ich musste jetzt nur noch die Allgemeinheit informieren und zuerst Olga vor vollendete Tatsachen stellen und die Kinder natürlich auch, die noch nichts von ihrem Glück wussten. Und ihn musste ich auch informieren, aber erst, wenn alles überstanden war, denn es sollte eine Überraschung für ihn werden. Als ich die Schlüssel nach einigen Wochen für die Häuser bekam, ging ich zu Olga. Ich sagte zu ihr: „Zieh dir deine schönen Schuhe an, wir gehen nach Hamburg shoppen!". Sie war verdutzt und etwas überfallen, aber sie kam mit. Sie wunderte sich auch über das vollgepackte Auto. Wir fuhren, aber zusammen wie immer nach Hamburg. Sie übernahm den Bordservice und ich fuhr, aber diesmal nicht zu einem Hotel, sondern zu unseren Häusern. Wir fuhren durch den Elbtunnel und ich begrüßte ihn freundlich und dann weiter Richtung Alster, bis zu unseren neuem zu Hause und ich parkte davor in der Einfahrt. Sie sagte: „ Du wir dürfen hier aber nicht halten und parken, wir werden Abgeschleppt, wenn uns der Besitzer sieht oder zur Garage heraus will oder rein fahren möchte". Ich lächelte sie an und holte zwei kleine Flaschen Sekt aus meiner Handtasche und sagte zu ihr: „Du wirst mich doch nicht abschleppen wollen, oder?". Sie erstarrte und ich bemerkte wie sie meine Worte verarbeitete. Sie war vollkommen perplex und sie konnte sich nicht rühren und schüttelte ständig den Kopf. Ich nahm ihre Hand und öffnete sie, legte ihren neuen Haustürschlüssel hinein und schloss ihre Hand. Sie schaute mich abwesend an und ich dachte sie wird gleich in Ohnmacht fallen, aber sie begriff jetzt langsam den unglaublichen Sachverhalt. Und dann schrie sie wie verrückt: „Welche Hälfte ist meine, welche Hälfte ist meine, ich werde wahnsinnig, wie hast du das gemacht?". Und ich sagte: „Such dir eine Hälfte aus". Und sie sagte: „Ich nehme die linke Hälfte".

Der Frühlingstag war warm und wir genossen die Luft und atmeten tief ein, als wir die Tür der einen Haushälfte aufschlossen. Der Atem des Hauses begrüßte uns und meine schwebende Olga lief von einem Zimmer in das andere, begrüßte die Einbauküche und verbeugte sich vor dem Kachelofen. Lief auf die Terrasse und schrie ständig: „Wahnsinn, purer Wahnsinn, ich glaube ich träume". Sie plante schon, was sie wo hinstellen sollte und genoss die Räumlichkeit. Wir gingen auf die Terrasse und setzten uns auf die Treppenstufen. Ich hatte ja noch die zwei Fläschchen Sekt in der Hand, die nur darauf warteten geöffnet zu werden und das tat ich dann auch. Ich öffnete die Fläschchen und gab Olga eine. Wir stießen auf unser neues Leben in Hamburg an, bereitwillig alles hinter uns zu lassen. Auf einmal hielt sie inne und schaute mich streng an und fragte entsetzt: „Du und wie sagen wir das den Kindern?". Ich blickte sie an und mir fehlten die Worte, aber ich sagte: „Ganz langsam, erst sind wir nur am Wochenende hier und dann Schritt für Schritt weiter". Die Kinder werden Hamburg genauso ins Herz schließen wie wir.

Wir beschlossen den Tag zu nutzen und kauften uns Farbe, Klebeband und Pinsel um die Wände zu streichen. Wir sahen noch ein Geschäft mit Hotelbetten und ich fragte sie, ob wir hinein gehen konnten. Ich wollte gern ein Hotelbett, am liebsten in Weiß. Und ich wollte auch Hotelbettwäsche, die ist zwar etwas teurer, aber da hat man was fürs ganze Leben. Ich kaufte mir ein weißes Bett und noch vier Kissen und zwei Decken.

Ich fragte, ob sie es mir heute noch liefern konnten, denn wir wollten die Nacht nicht im Hotel schlafen. Sie sagten, das ginge nur mit dem Ausstellungsstück und ich verhandelte. Ich nahm das Ausstellungsstück und musste 500 Euro weniger bezahlen, das war doch super. Ich gab ihnen die

Adresse und sie wollten es in 3 Stunden liefern. Mein Herz erfüllte sich mit Freude, denn zum ersten Mal bekam ich etwas zu mir nach Hause, nach Hamburg geliefert. Olga und ich sprangen vor Freude, denn dann konnten wir die erste Nacht in Hamburg in unserem Haus schlafen.

Weiterhin brauchten wir noch etwas Vorrat für die Küche. Wir kauften noch Kaffee, Zucker, Milch, Tee, Eier, Schinken, Margarine, Mehl und noch zwei Töpfe und ein Besteck. Messer, Gabeln und Löffel brauchten wir und noch Teller und Tassen. Ich hatte schon mein Auto mit Kleidung und was eine Frau so braucht vollgestopft. Und mir fiel dann auf, dass wir gar keine Waschmaschine und keinen Trockner hatten. Und was war denn eigentlich mit dem warmen Wasser? Die Heizung war ja aus gestellt...

Als wir wieder bei unserem neuen zu Hause waren sortierten wir uns erst mal. Besen und Putzmittel wurden gesucht und gefunden, denn die hatte ich mitgebracht. Die Fenster reinigte ich und kehrte das Haus aus. Ich ging in den Keller um die Heizung anzustellen und es gab den Anschein, dass es auch prompt funktionierte, nachdem ich den Schalter der Heizung betätigt hatte, alles war in Ordnung und lief. Ich wischte nass durch und erwartete freudig, die Lieferung des Bettes ab.

Die Männer von dem Hotelbettengeschäft kamen dann auch bald und unser Bett wurde begrüßend und mit viel Jubel in mein Schlafzimmer verfrachtet. Kissen wurden bezogen und Decken drauf drapiert. Es sah schon sehr wohnlich aus. Mit der Zeit würde dann auch ein Schrank dazu kommen und kleine Tischchen neben das Bett. Auch würden Vorhänge die Fenster umrahmen.

Das Haus hörte sich noch leer an, es hallte mir entgegen, aber nach und nach, würde es mehr und mehr zu unserem zu Hause werden. Blumen würden die Fensterbänke schmücken, der Briefkasten würde die Post aufbewahren, Telefone würden klingeln und wir würden lachen, weinen und durch das Haus singend gehen, mit einem Lied auf den Lippen. Wir würden Weihnachten mit einem Baum feiern, Ostern und natürlich unsere Geburtstage mit einer großen Torte und Kerzen drauf. Der Atem des verlassenen Hauses würde meiner werden. Das Haus würde lebendig und die Kinder hatte das Haus noch nicht gesehen.

Am nächsten Morgen standen wir früh auf und wir fuhren nach einem Kaffee, zu einem Tapetengeschäft. Meine schwebende Olga war beschäftigt mit Mustern, Farben, Dekoration und die mobiliare

Eroberung des Hauses. Stühle, Tische, Schränke wurden begutachtet und für gut oder schlecht, oder nicht akzeptabel befunden. Sie flog durch das Geschäft und brachte die Verkäufer zum Wahnsinn mit ihren Fragen.

Ich stand da, abwesend mit einem Lächeln auf den Lippen und dachte an ihn, meinen geliebten Mann. Die ganze Eroberung des Hauses und die Farbauswahl interessierte mich nicht so viel, denn ohne ihn war mir nichts wert, begutachtet zu werden. Ich hatte ihm nach dem Trubel noch nicht informiert und dachte angestrengt nach, wie ich ihn informieren konnte, denn ich wollte ja nicht, dass er gleich einen Herzinfarkt oder Ohnmachtsanfall bekam. Ich nahm mein Handy zur Hand und sendete ihm meinen Standpunkt.

Er rief mich sofort an und fragte: „Wo bist du?, seit wann bist du hier in Hamburg und was machst du hier, bist du bei einem anderen Mann?". Ich hätte ihn am liebsten umbringen können, aber ich kannte ihn und seine Eifersucht. Ich sagte: „Nein Schatz nicht bei einem anderen Mann, sondern im Tapetengeschäft mit Olga!!!". Er fragte mich: „ Was machst du denn da und warum Tapetengeschäft, habt ihr in Kassel keine Tapeten, so dass ihr nach Hamburg kommen müsst?".

Ich sagte: „ Baby,...ich erwarte dich zum Mittagsessen bei mir zu Hause, ich mache Gulasch, kommt zu mir und hilf mir, damit es so schmeckt, wie du es am liebsten magst und... du,...Schatz sollte ich unser Schlafzimmer lieber in weiß, grau oder grün streichen, das würde zum weißen Bett passen, oder?". Er war perplex, ich konnte seine Gedanken hören, er überlegte. Er konnte es nicht fassen, dass ich da war und ihm nichts gesagt habe, die

Situation überforderte ihn. Ich sendete ihm meine neue Adresse und sagte: „Ich erwarte dich und bring noch Petersilie mit für den Salat und eine Flasche Wein". Olga verabschiedete sich freundlich von den Verkäufern in dem Tapetengeschäft und die waren sehr froh darüber. Sie fragte mich, ob ich ihn informiert hätte und ich bejahte ihre Frage. Ich sagte: „Er hat nichts verstanden!". Und sie entgegnete mir: „Er ist nur ein Mann, was erwartest du, versetzt dich doch Mal in seine Lage, er hat es nie erwartet, dass du nach Hamburg ziehst, weil du ohne ihn nicht Leben kannst!". Wir fuhren dann nach Hause und ich bereitete das Essen vor. Die Küche war ja soweit fertig und man konnte in der Küche kochen und essen und zur Not auf der Terrasse, wo noch ein Tisch mit 4 Stühlen vom Vorbesitzer vergessen wurden. Ich kaufte vorher noch ein paar

Beinscheiben vom Rind, Zwiebeln, Knoblauch und Gewürze weil er sagte, das würde besonders gut schmecken. Ich hatte das Gericht noch nie so gekocht und wollte es ausprobieren. Ich schnitt das Fleisch von den Beinscheiben ab und briet es in Butterschmalz an, dann gab ich Zwiebeln und Knoblauch dazu, löschte mit Brühe ab und lies es leise köcheln. Und dazu machte ich Bohnensalat aus gelben Bohnen im Glas, ich brauchte nur noch Petersilie dazu und hoffte er würde welche mitbringen. Ich setzte mich raus auf die Terrasse und freute mich schon auf ihn. Ich legte mir meine Erklärungen zurecht.

Als er kam klingelte er zaghaft und ich öffnete ihm die Tür, ungläubig und verwundert starrte er mich an und sagte: „Ich glaube das einfach nicht, du musst mich schon mal kneifen!". Aber ich sagte: „Ich muss dich wohl erst mal umarmen und küssen, damit du wieder zu dir kommst!". Und ich umarmte und küsste ihn so leidenschaftlich, dass er alles vergaß. Er roch den Gulasch und lächelte, dann atmete er tief ein und sagte: „Du bist meine Frau, du bist es!"

Durch ihn lebte ich, durch ihn fühlte ich mich frei, geliebt und gebraucht, ich liebte ihn und wollte mein Leben mit ihm teilen. An all die anderen Männer dachte ich nicht mehr und an die Erfahrungen im Swingerclub. Ich war angekommen im Leben, endlich...!!!

Kapitel 14

Man wächst und denkt und denkt
man hat alles richtig gemacht.
Manchmal denkt man es durchzieht
flatternd ein Schatten durch die
Seele und man sieht das Licht am
Ende des Tunnels, ja manchmal...

Wie wird das Ende sein oder
vielleicht ist es ein Anfang, ich weiß
es nicht, nur das es Dinge gibt die so
unwirklich sind wie das Leben selbst.

Wenn ich zu Hause, jetzt in
Hamburg bin und der Alltag mich
wieder im Griff hat, dann ist er weit
fort bei seiner Frau, aber ich fühle
ihn und so wie ich Hamburg fühle, er
ist nur einen Herzschlag von mir
entfernt.

Noor de Biskin deutsche
Buchautorin, die interessierte Leser
ein bisschen aus dem Alltag
entführen möchte um aufzuzeigen,
dass es nicht nur die einfachen
Dinge im Leben gibt und die Tristes
sondern, dass das Leben manchmal
einen mit einem Geliebten beglückt,
in einer berauschenden Stadt und
gefangen hält und vielleicht auch nie
wieder los lässt...